내게 없는 미홍의 밝음

내게 없는 미홍의 밝음

안지숙 소설집

산지니

차례

놀래미

여경은 수족관을 들여다보고 있는 최형규에게 다가갔다. 머리를 짧게 쳐서 그런가, 그의 얼굴이 낯설고 강퍅해 보였다.

"얘가 놀래미인데 한번 물면 손가락이 잘릴 정도로 물고 늘어진답니다."

최형규가 수초 사이로 보이는 물고기를 가리켰다.

"살이 통통하게 오른 게 본부장님이랑 닮았네."

말하고 나니 본부장의 체형을 조롱한 것처럼 들렸겠다 싶어 여경은 얼른 덧붙였다.

"위험한 물고기는 아니래. 독가시도 없고 이빨도 작은

편이라 다루기도 쉽고."

낮에 최형규가 단톡(단체채팅)으로 번개모임 공지를 올렸을 때 여경은 놀래미를 다룬 블로그를 돌아다니고 있었다. 놀래미는 '스토리텔링은 해결사' 책자에 들어갈 창사(創社) 스토리였다.

최형규가 회사를 나가고 며칠 뒤 아침 회의 때 여경은 실장 직위를 뺏겼다. 대표는 여경에게 앞으로 출판 편집만 담당하라고 했고, 여경의 업무를 송 대리에게 넘겼다. 그 자리에서 송 대리는 팀장으로 발령이 났다. 구멍가게도 이렇게는 안 하겠다는 생각이 얼굴에 드러나지 않도록 여경은 반쯤은 초연하고 반쯤은 무기력한 표정을 유지했다. 바탕화면 사물함 폴더에 들어 있는 사직서를 잠시 떠올리기도 했다. 후배들이 회사에서 쫓겨날 때마다 인쇄를 해버릴까 고민하다 다시 처박아 넣은 사직서였다.

횟집 주인에게 주문을 하고 방안에 자리를 잡고 앉는데 서다혜와 박성호가 같이 들어왔다. 저는 백수라서 오늘 회비 못 내요. 서다혜가 여경의 옆에 앉으며 쫑알거렸다. 두 달 전 서다혜는 본부장 면전에 사직서와 함께

쌍욕을 던지고 나갔다. 박성호가 퇴사한 게 한 달 전이니까 최형규보다 보름쯤 빨랐다.

"모둠회 시켰어요? 오늘 같은 날은 놀래미회를 씹어야지 말입니다."

모둠회가 오자 박성호가 너스레를 떨었다. 최형규와 서다혜, 여경까지 동시에 웃었다. 웃음 끝이 씁쓸했다. 어차피 알게 될 일이라서 여경은 단톡으로 저간의 회사 사정을 알렸던 것이다.

"암튼 송 대리님이 팀장이 되다니, 본부장한테 납작 엎드릴 만하네요."

서다혜가 빈정거리다 말고 최형규의 눈치를 살폈다. 최형규가 피식 웃었다. 회사를 나가기 전에 최형규는 본부장의 비위를 가장 잘 맞추는 직원이었다.

-난 나한테 잘 보이려고 노력하는 사람이 좋아. 뒤에서 욕하는 거 상관없어. 회사 운영하면서 직원들에게 욕먹는 거, 당연하잖아?

그게 어떻게 당연한 건지 어이없어하는 직원들과 달리 최형규는 본부장의 말을 재치 있는 농담으로 받아들였다. 한번 시작하면 좀체 끝을 맺지 않는 본부장의 수다가 겁나게 황당하고 창의적이라고 놀리듯이 말할 때도 어느 정도 진심이 들어가 있는 것 같았다. 최형규의 아부를 본부장이 생뚱맞게 오해하면서 최형규가 회사를 나갔고, 그 여파로 여경은 실장 직위를 뺏겼으니 결국 이 모든 사달은 최형규로부터 시작된 셈이었다.

여경은 회 한 점을 우물거리다 젓가락을 놓았다. 요 며칠 뭘 먹어도 입맛이 썼다. 실장 직함을 뗀 뒤로 직원들이 여경의 눈치를 살피는 바람에 같이 점심을 먹고 나면 오후 내내 소화불량에 시달렸다.

"선배님 혹시 딴 데로 옮기실 거면 저 좀 데려가 주세요. 선배님이 제 워너비잖아요."

서다혜가 여경의 술잔을 채우며 재롱을 떨었다. 듣기 좋으라고 한 소리지만, 요즘 같아서는 아부가 아니라 조롱에 가까운 말이었다. 여경은 올해 마흔이었다. 후배를 상전으로 모시라고 해도 죽은 듯 눌러앉아 있어야 하는 처지였다,

"책자 만드는 일도 나쁘지는 않아. 실장 할 때보다 시간 여유도 있고, 할 만해."

여경은 냉소가 삐져나오지 않도록 조심하면서 무덤덤

하게 말했다. 여경이 오늘 이 번개모임에 나온 건 최형규 때문이었다. 그가 갑작스럽게 회사를 나간 진짜 이유가 뭔지, 회사를 나가면서 본부장에게 무슨 말을 어떻게 했는지 알고 싶었다.

최형규가 회사를 나간 그날 이후 여경을 보는 본부장의 눈길이 살벌해졌고, 몸짓 하나하나에 찬바람이 일었다. 본부장이 워낙 변덕이 심하긴 해도 대표와 함께 회사를 공동책임 진 경영자였다. 본부장이 여경에게 날을 세운 데는 이유가 있을 거였다. 그 이유가 회사를 나갈 무렵 최형규와 본부장 사이에 있었을 모종의 사건과 무관하지 않을 거라는 게 여경의 짐작이었다.

"본부장님한테서 달콤한 냄새가 나요."

최형규가 이런 아침인사를 날리면 본부장의 온몸이 전구를 밝힌 크리스마스트리처럼 환해졌다. 사무실 분위기도 덩달아 환해졌다.

"복숭아향이에요, 오늘 오후에 안산시청 들어가잖아. 여자들끼리 만날 때는 따뜻한 계열이 좋지."

안산시청 담당자는 주무관과 과장이 다 여자였다.

"본부장님은 인상이 발랄해서 섹시한 향이나 달콤한 향이나 뭐든 잘 어울려요."

최형규의 말 몇 마디에 본부장은 사무실 안을 사뿐사뿐 돌아다니며 혼잣말을 하고 놀았다.

-오늘은 날씨가 참 좋은 거 같아.

-음, 이 홍차 맛! 홍차가 너무도 맛있어.

-어머나, 화분 좀 봐. 꽃대가 이렇게 예쁠 수가 있을까.

본부장 가까이 앉은 여경은 소리를 내지 않고 웃느라 애를 먹었다. 본부장이 종일 사무실에서 죽치는 날은 직원들이 가만있는 최형규를 부추겼다. 미션을 받으면 최형규는 망설이지 않았다.

"본부장님, 저 여기 피 났어요."

"코피 났어요? 우리가 너무 혹사시켰나 봐!"

"아침에 면도하다 베었어요. 저, 약 사 주세요."

"어머, 그러잖아도 나 치과에 갈까 했는데. 갔다 오는 길에 내가 사 올게."

열 살이나 어린 최형규에게 혀 짧은 소리를 하며 본부장은 얼굴을 살짝 붉히기까지 했다. 그날 하루는 어디로 튈지 모르는 본부장의 히스테리에 시달리지 않겠지만,

여경은 그가 좀 잔인하다고 생각했다.

"그러지 마. 사람 마음 갖고 장난치는 거 아니다."

"앗, 이것은 질투?"

최형규의 신소리에 여경은 할 수 없이 웃었다. 같이 웃긴 했지만, 직원들끼리 본부장을 조롱하며 뒤에서 낄낄거리는 게 마음에 걸렸다. 본부장은 한 번씩 여경에게 자기 속내를 털어놓았다.

"이 펜던트가 저한테는 일종의 부적이에요."

여경은 본부장의 불룩한 가슴께에 놓인 펜던트에 눈길을 던졌다. 자기 이야기로 수다를 떨고 싶을 때 본부장은 여경에게 저녁을 샀다. 대부분 이미 들었던 이야기였어도 지겹지는 않았다. 회사를 창업하기 전 몇 편의 장르소설로 꽤 유명세를 탔던 본부장은 이야기를 재미있게 구사하는 재주가 있었다.

"정확히 20년 됐어요, 홍대 앞에서 샀죠."

"앤티크네요!"

리액션은 상사에 대한 기본 매너였다.

"갑상선암, 별거 아닌데, 그때 저 스무 살이었어요. 수술하다가 죽을지도 모른다 생각하면서 수술대에 누웠죠. 퇴원하는 날, 거리에 나오니까 태양이 어쩜 그렇게나 눈부시던지. 내가 살아 있구나. 막 외치고 싶은 거예요. 공중에 붕 뜬 거 같은 기분으로 걸었어요. 걷다 보니 홍대 앞이더라구요. 홍대 앞 프리마켓에서 얘를 만났어요. 몰라, 왜 그랬을까. 얘가 말을 거는 것 같았어요. 괜찮아. 너는 괜찮을 거야, 하고요. 저, 보기보다 마음 약한 거 알죠? 괜히 기분이 불안하고 그럴 때는 얘를 부적처럼 걸고 나와요. 그러면 이상하게 안심이 돼요."

저번 버전에서 인사동 거리였던 게 혜화동 기념품가게로 바뀌고, 이번에는 홍대 앞 프리마켓으로 바뀐 것을 본부장이 기억이나 하는지 여경은 의심스러웠다. 홍대 앞 프리마켓이 생긴 지 십여 년밖에 안됐다는 사실을 모를 사람은 아니었다. 본부장의 수다 속에서 거듭되는 이야기의 변주는 아무래도 주체할 수 없이 발산되는 스토리텔링 끼 같은 거였다. 자기 마음에 깃드는 감각과 기억을 빠짐없이 스토리로 만들어야 안심이 되는, 좋게 봐서 천생 스토리텔러였다. 심지어 주변 사람들에 대해서도 스토리를 만들어 라벨을 붙여놓지 않으면 불안한 것 같았다. 눈 밖에 난 직원이 회사를 나갈 때까지 집요하게 험담을 하는 것 역시 스토리텔링 끼로 볼 수밖에 없었다.

“시발, 내가 대표한테 꼬리를 쳐? 머리가 허연 할아버지한테 내가 총 맞았나.”

두 달 전, 서다혜는 본부장 책상에 사직서를 내던지면서 막말도 같이 던졌다. 책상 위에 놓인 사직서를 내려다보면서 본부장은 미동도 없었다. 툭하면 대표한테 쪼르르 달려가서 꼬리 치는 여직원이 우리 사무실에 있다, 얼굴 팔고 몸 굴리면 회사 월급 몇 배를 벌 건데 뭐하러 취직을 했는지 이해할 수 없는 애가 어딜 가나 한 명씩 있다. 본부장은 앞뒤 맥락 없이 이런 말을 늘어놓고는 서다혜를 빤히 쳐다보곤 했다. 서다혜는 열흘 정도 버티다 사직서를 던졌다.

“어딜 가나 젊고 이쁜 애 못 봐주는 여자가 꼭 있는 거 아시죠? 늙고 뚱뚱해서 팔 게 없으니 구라나 까면서 사세요.”

퇴사하는 여직원한테 막말을 들으면서 본부장은 한마디 대꾸가 없었다. 착각인지 모르지만, 본부장의 표정은 슬퍼 보였다. 거의 참담해 보였다. 표정만 봐서는, 하이

힐 굽 소리를 또각또각 내며 사무실을 걸어나가는 서다혜가 아니라 본부장이 피해자 같았다.

"그때 본부장님 표정이 묘하긴 했어. 후회하는 것 같기도 하고……."

여경의 말에 최형규가 술잔을 내려놓고서 엄지를 세웠다.

"역시 본부장 사랑은 여경 선배죠. 여경 선배는 거기서 끝까지 살아남을 한 분이십니다."

최형규는 회사에 있을 때부터 종종 그런 식으로 말을 했다. 같이 근무하면서 날을 세우기 싫어 모른 척 넘어갔지만, 속으로는 적잖이 거슬렸다.

"어디서든 끝까지 살아남는 건 미덕이지. 바라는 바야."

헤엄이 서투른 물고기일수록 바다 깊은 곳에서 움직이지 않고 지낸다고 했다. 공격당하면 도망치기 힘드니까 산호초 같은 데 숨는 게 그들의 생존법이었다. 산호초 속에서 가만히 엎드려 있다가 낚시꾼들이 던진 미끼를 가늠하는 놀래미처럼 사는 것이 여경은 부끄럽지 않았다. 살기 위해 몸을 사리는 건 지탄받을 일이 아니었다.

여경이 놀래미 이야기를 처음 들은 건 3년 전 면접 자리에서였다.

"이게 우리 회사 로고죠. 놀래미를 본떠 만든 겁니다."

여경은 대표가 내민 명함을 한참 들여다보았다. 명함 구석에 물고기 비슷한 게 디자인돼 있긴 했다. 대표가 설명을 덧붙였다.

"꾼들 사이에서는 놀래미가 겨울바다의 첨병이라 불린다더군요. 물고기 떼의 존재를 맨 먼저 알려주는 게 놀래미거든요."

여경은 가만히 있었다. 놀래미가 물고기 떼의 존재를 어떻게 알려주는지 궁금했지만 캐묻지 않았다. 놀래미가 아니라 노래미가 바른 말이라는 것도 입에 담지 않았다. 대표 옆에 앉아 있던 본부장이 입을 열었다.

"우리 회사는 스토리텔링을 기반으로 하는 문화마케팅 회사예요. 팩트에서 스토리를 끌어내는 게 우리가 하는 일이죠. 팩트를 벗어나지 않으면서 팩트를 뛰어넘는 스토리는 사람들의 귀를 열고, 심장을 뛰게 하고, 결국 지갑을 열게 하죠."

또랑또랑한 목소리로 본부장이 들려준 대답이 놀래미 로고와 무슨 상관인지 여전히 이해가 안 됐지만 여경은 천천히 고개를 끄덕였다.

"로고로 쓰인 이 놀래미는 우리가 직접 방생시켜준 놀래미예요. 들어보시면 우리가 왜 놀래미를 로고로 했는지 알 수 있으실 거예요."

면접 자리에서 여경에게 들려준 놀래미 스토리는 아침회의나 직원 회식 때 종종 재등장했다.

"그날은 우리가 처음으로 원고계약을 한 날이었어. 비너스에서 계약을 따냈지."

대개 대표가 먼저 이야기를 꺼내고, 본부장이 이야기를 받았다.

"헬로 비너스 신화는 대표님과 제가 회사를 창업하고 처음 완수한 프로젝트예요. 비너스사가 인도네시아를 무대로 거둔 사업성과는 창업주의 패기가 거둔 인간승리다. 창업주의 비즈니스 마인드와 인생철학을 스토리텔링해서 책자로 선보이면 언론에 노출될 기회가 많아진다. 방송 인터뷰 한 건의 광고효과를 계산하면 막대한 광고비가 절약되는 셈이다. 저희가 비너스의 신화를 만들어 드리겠다. 이런 기획서를 써서 우리가 먼저 제안을 한 거예요. 샘플원고만 에이포로 서른 장을 써서 던졌어요."

여기까지가 인트로였다.

대표와 본부장은 공연감독과 장르소설가로 각자 자기분야에서 인정을 받았지만, 회사를 세우고 보니 그 정도 경력은 크게 도움이 되지 않았다. 비너스와의 계약은 사업을 시작한 지 11개월 만에 이룬 쾌거였다. 두 사람은 계약을 따낸 기념으로 대표가 좋아하는 회를 먹기로 했다.

"쟤 좀 봐요."

본부장이 수족관 바닥에 누워 있는 고기를 가리키는데 뜰채를 든 남자가 다가왔다.

"놀래미 드실라오?"

"어머나, 얘 이름이 놀래미구나. 퍼질러 있는 폼이 웃겨."

까랑까랑한 목소리에 놀란 듯 횟집 남자가 본부장을 잠깐 쳐다보고는 말을 이었다.

“이게 보통 땐 후미진 구덩이에 배를 붙이고 숨어 있는데 펄떡거리는 미끼에 약해요. 고패질 요령이 좋은 꾼들한테는 덥석덥석 걸려 들죠.”

대표가 입맛을 다셨다.

“맛으로는 우럭이나 광어보다 윗길입니다. 중자가 삼만오천 원인데 삼만 원에 드리지.”

남자가 주방으로 가져가 직접 회를 떠온 놀래미는 고소하고 쫄깃한 게 감칠맛이 났다. 대표와 본부장 부부는 소주잔을 부딪쳤다.

“재들 방생해 주자! 우리가 일이 풀린 날 만났으니 복이 있는 애들이지.”

대표가 턱짓으로 수족관을 가리켰다. 본부장이 대표의 희끗희끗한 머리를 짠한 눈길로 더듬었다. 누구에게 허튼소리를 하는 것도 싫어하고 듣는 것도 싫어하는 사람이 그동안 홍보실 사람들을 찾아다니면서 얼마나 힘들었을까, 생각하며 본부장이 말했다.

“여보, 우리 휴휴암으로 가요.”

휴휴암은 십여 년 전 두 사람이 지역의 문화축제에서 예술감독과 작가로 만나 일을 같이하게 됐을 때 다녀온

곳이었다. 그곳 사찰 아래 바닷가로 이어지는 바위마당에서 물고기를 방생하는 사람들을 봤던 기억이 났다.

"어디서 던져도 때가 제철이라 잘 살 겁니다. 다시 잡히는 거야 지 팔자고……. 놀래미가 유독 미끼에 약해요. 수초 구석구석 숨어 있다가도 눈앞에서 미끼가 살살 흔들리면 참지를 못하고 제일 먼저 물어요."

횟집남자가 뜰채로 건져 올린 놀래미를 비닐봉지에 담느라 잠시 말을 끊었다가 다시 이었다.

"이놈들 입질이 딱 끊기면서 바다가 조용해지는 순간이 있어요. 그러면 진짜 바다가 조용해지죠. 물속이 조용해진단 말입니다. 그게 물고기가 없는 게 아닙니다."

"없는 게 아니면요?"

"물속이 조용해지는 건 큰 물고기들이 들어왔다는 거거든요. 꾼들이 기다리는 신호죠. 그러니 이놈을 겨울바다 첨병이라고 부르는 겁니다."

겨울바다의 첨병. 본부장은 횟집남자의 말을 주문처럼 따라 외웠다.

이튿날 대표와 본부장 부부는 7번 국도로 차를 올렸다. 강릉으로 이어지는 국도는 동해바다를 바라보는 것

만으로도 멋진 여정이었다. 물을 담아 묵직한 비닐봉지 속에서 놀래미는 안전했다. 수초나 구덩이 같은 데 숨어서 살다가 참을 수 없이 매력적인 미끼가 있거든 화끈하게 삼키라고 덕담을 하고서, 부부는 차가운 바닷물 속으로 놀래미를 밀어 넣었다.

너무 여러 번 들어서 나중엔 좀 질리기도 했지만, 놀래미 스토리에는 한 종(種)의 생애라는 파노라마가 들어 있었다. 대표와 본부장 부부가 놀래미를 방생한 팩트에서 끌어낸 이야기여서 감동도 있었다.

"놀래미가 스토리텔링 회사의 로고로 괜찮지. 숨어 있는 이야기를 끌어낸다는 것을 상징하니까."

놀래미 이야기를 안주 삼아 되작이던 세 사람이 여경을 쳐다보았다. 술에 취해 눈을 감고 있던 여경이 갑자기 끼어들어 놀랐다기보다 그 우호적인 발언에 다들 표정이 떠름한 듯했다.

"괜찮지 않나? 창사 스토리에도 진정성이 있고……."

"네버! 진정성이라뇨. 전혀 아닙니다."

최형규가 여경의 말을 잘랐다. 사직서를 내기 전날 여

경에게 들려준, 그 무릎 사건 때문인가 싶어 여경은 최형규의 표정을 살폈다.

"대표와 본부장, 진심 무서운 사람들입니다."

사직서를 내기 전날, 최형규는 평소답지 않게 표정이 사나웠다. 신입 한 명이 낀 퇴근길 술자리에서였다. 최형규가 시장경영진흥원에 공모 기획안을 내기 위해 본부장과 동행한 건 알고 있었다. 외부 일정을 같이하면서 본부장이 최형규에게 함부로 굴었을 것 같지는 않아 여경이 돌려서 물었다.

"왜, 기획안이 잘못됐대? 시경원에서 걸고 넘어졌나?"

시경원 공모 기획안은 최형규가 맡아서 한 일이었다. 입사 1년차인 최형규가 시경원 기획안을 맡았을 때부터 찝찝하더라, 했는데 그건 아니었다.

"그건 아니고요. 아놔, 비비는데, 진짜 괴롭더라고요."

최형규가 표정을 구기면서 말했다.

"비비다니, 뭘 비벼?"

"본부장님 말입니다, 택시 안에서 제 무릎을 비비더라고요. 겁내 노골적으로!"

여경은 설마 하는 눈길로 최형규를 보았다.

"비비면서, 저를 팀장으로 승진시키기로 했다고 헛소리를 하더라니까요."

여경은 머릿속이 복잡해졌다. 박성호 팀장이 나간 상태에서 시경원 공모건이 떴을 때 대표가 최형규를 콕 찍어서 시경원 기획안을 맡겼다. 회사가 작다 보니 큰 건을 쳐내는 직원이 있으면 다른 직원들은 보조업무를 해야 하는 경우가 많았다. 대표가 최형규에게 시경원 기획안을 맡긴 것은 곧 있을 팀장 임명에서 선후배 서열을 무시하겠다는 회사 측 입장을 드러낸 거였다.

"사무실 분위기, 좋은 게 좋잖아요. 그래서 본부장님한테 농담도 하고, 장난도 쳤어요. 제가 좀 지나쳤다는 거 인정하는데, 그래도 그게 말이 돼요? 참내."

최형규가 거짓말을 할 까닭은 없지만, 여경이 아는 한 본부장이 그런 실수를 할 사람은 아니었다. 당장은 옆에 앉아 있는 신입의 눈과 귀가 신경 쓰였다. 추문이 도는 현장에 같이 있었다는 것만으로도 본부장에게 찍힐 수 있었다. 본부장은 한번 찍으면 상대가 견디지 못하고 나가떨어질 때까지 한 달이고 두 달이고 쪼아댈 수 있는 여자였다.

무릎을 비빈 사건 이튿날 아침회의 때 대표가 최형규에게 팀장 발령을 냈다. 최형규는 대표와 본부장이 앉은 반대쪽으로 몸을 틀고 앉아 있었다. 송대리와 진대리를 제치고 굳이 평사원인 최형규에게 팀장을 맡긴 데 대해 대표는 아무런 언급이 없었다. 그건 직원들을 너무 우습게 본 처사였지만, 실장인 자신이 나설 일은 아니라고 여경은 생각했다. 업무의 배당과 방향을 정하는 건 경영자인 그들의 몫이었다.

그날 점심 때 본부장이 최형규를 불러 따로 식사를 했다. 그리고 오후 네 시쯤 최형규가 사직서를 자기 책상에 올려놓고 사무실을 나갔다. 슬그머니 나가기에 다들 담배를 피우러 나가는 줄 알았다. 퇴근 무렵 총무가 책상에 사직서가 놓여 있는 것을 보고 대표에게 들고 갔다.

"팀장 맡을 배포도 없는 놈! 능력 없는 놈을 키워주려고 했더니, 나가고 싶다고 불쑥 나가?"

목소리를 높이는 대표 곁에서 본부장은 얼음을 깨물고 앉은 사람처럼 서늘했다. 대표 말이 끝나기를 기다려 본부장이 입을 뗐다.

"갈 데를 다 알아보고 나간 거예요. 보나 마나 여기서

배운 기획아이디어를 팔겠다는 거죠."

황당한 말이었다.

"그런 놈은 더 이상 일 못 하게 해야지. 경쟁업체끼리도 룰이 있어. 제 놈이 어디서 발을 붙여!"

대표의 진노가 자신에게 튈까 봐 직원들은 골똘한 눈길로 모니터를 노려보고 있었다. 사무실 분위기가 흉흉할 때는 놀래미처럼 납작 엎드려 존재감이 흐릿해지는 게 다치지 않는 요령이었다. 직원들을 훑던 본부장의 눈길이 여경에게 멈췄다.

"윤여경 실장님, 오늘 저하고 저녁이나 같이하시죠."

저녁을 먹고 나서 본부장이 근처 카페 문을 밀고 들어갔다. 여경은 레몬에이드를, 본부장은 커피와 와플을 시켰다,

"그 친구가 왜 나갔는지 알고 있죠?"

최형규에 대해 본부장이 단도직입 물었다.

"윤실장, 저한테 할 말 없어요?"

여경은 레몬에이드를 홀짝거리며 궁리했다. 무릎 비빈 이야기를 해야 하나.

"윤실장이 그랬다면서요. 그 정도 스펙이면 대기업에

서도 통할 거라고요. 그리고 툭하면 다른 애들한테 그런다면서요. 이런 회사 있을 필요 없다고. 니들 실력이면 어딜 가도 여기보다는 나을 거라고."

저녁으로 먹은 월남 쌀국수가 목구멍으로 밀고 올라왔다. 최형규가 나온 대학의 경영학과 정도면 괜찮은 스펙이라고 한 적이 있었다. 그 말을 한 건 대표와 본부장까지 함께한 회식자리에서였다.

"그러면서 본인은 뭐하러 이런 회사에 계속 다니는지 궁금하네요. 회사 잘 다니는 사람들 그만 부추기고 그렇게 나가고 싶으면 본인이나 나가지 그래요."

말을 하면서 없는 말을 부풀리고, 자신이 부풀린 말을 믿으면서 점점 더 화를 돋우는 게 본부장의 화법이었다. 여경은 악의를 담아 쏘아보는 본부장을 마주 보다가 의자에 머리를 기대고 눈을 감아버렸다. 너무 어이가 없어서인지 억울하고 화가 나기보다 마음이 아팠다. 정말 이상하게 마음이 아팠다. 왜 이렇게 마음이 아프지. 여경의 질문에 답하듯 본부장의 슬퍼 보이던 표정이 스쳐 갔다. 미끼였을까. 서다혜가 막말을 던지고 나가던 날, 본부장은 서다혜에게 입힌 스토리의 끝을 감상하고 있었던 건가. 여경은 생각했다. 짐작이 맞다면, 본부장은 여경의 스토리를 만들고 있었다.

주말이 지나고 월요일 아침에 대표가 인사개편을 했다. 여경은 실장꼬리를 뗐고, 총무가 새로 작성한 조직도를 나눠주었다. 여경은 파티션에 붙여놓은 조직도를 떼내고 새 조직도를 붙였다. 여경의 이름은 신임팀장이 된 송대리와 진대리의 이름 아래 적혀 있었다.

"하여간 본부장한테 번번이 넘어가는 대표가 문제라고. 이런 게 베갯머리 송사인지 원. 우리 지금이라도 가서 확 뒤집어버릴까?"

조직도 이야기에 흥분해서 뒷북을 치는 박성호를 쳐다보다가 여경이 킁킁거리며 웃었다. 박성호가 조금 덜 못생겼더라면 최형규로부터 시작된 사달은 없었을지 모른다는 생각이 들었다.

"그거 착각입니다. 우리가 대표를 쉽게 봐서 그렇지, 만만한 사람 아닙니다."

최형규가 웃음기 없이 말했다.

"제가 보기에 본부장은 대표의 아바타예요. 본부장이 찍었던 사람들 보세요. 대부분이 지원금 끝나가는 인턴들입니다. 여경 선배도 아시죠?"

갑자기 최형규가 여경에게 눈길을 돌렸다. 눈길이 아니라 비난의 화살을 돌린 것처럼 가슴이 뜨끔했다.

"맞아. 본부장이 저를 쪼아대기 시작한 게 제 지원금이 한 달쯤 남았을 때였어요. 툭하면 대표한테 달려가서 꼬리를 친다느니 어쩐다느니…… 또 열 받네."

서다혜가 목소리를 높였다.

"그게 대표님 각본이었다고? 에이 설마."

박성호는 인턴지원금을 받으며 입사해서 정규직이 되고 팀장까지 하다가 찍힌 경우였다. 지원금이 끝나가는 인턴들이 정규직 전환을 앞둔 시점에 회사를 그만두고 나가는 경우가 많은 건 사실이었지만, 그 때문에 본부장이 직원들을 찍어서 괴롭혔다는 건 지나친 억측이었다. 대표와 본부장이 직원들에게 순수했던 경영자는 아니지만, 그 정도 막장은 아니었다.

여경은 벽에 기대놨던 가방을 옆으로 가져왔다. 점점 자리가 불편해졌다. 이 자리에서 나온 말이 본부장 귀에 들어가지 않는다는 보장이 없었다. 이미 찍힌 상태에서 또 다른 오해를 더하고 싶지 않았다. 최형규가 사직서를 내던 날, 본부장과 무슨 말을 나눴는지 묻는 건 다음 번으로 미루기로 했다. 생각해보면, 물어볼 것도 없었다. 무슨 말이 오갔는지 안다 해도 이미 일어난 상황을 바꿀 수 있는 것도 아니었다.

"선배님도 나오세요. 실장직까지 날아갔으니, 그냥 나오세요. 힘없는 인턴들만 내보내지 말고요."

뜬금없는 말로 최형규가 일어서는 여경을 붙잡았다.

"취했냐? 내보내긴 내가 누굴 내보내!"

여경이 버럭 소리를 질렀다. 최형규가 밉살스럽게 웃었다. 아직 어린 티가 나는 입술 새로 고른 이가 드러났다. 축축하게 젖어 있던 입술에서 느껴지던 담배냄새가 코끝을 지나갔다. 술자리에서 어쩌다 최형규와 여경만 남게 된 날이었다. 비가 왔고, 우산이 없는 여경을 바래다준다며 따라온 그와 원룸 담벼락에서 사고처럼 일어났던 입맞춤은 둘 사이에서 없었던 일로 지워졌다. 그 뒤로 최형규는 실없는 농담이 부쩍 늘었다. 원래 그런 성격이라는 듯 여경에게, 그리고 본부장에게까지 싱거운 소리를 툭툭 던졌다. 어느 날부터 본부장이 최형규의 농담에 얼굴을 붉혔다.

"계산하고 갈게."

여경이 신발을 신으며 말했다. 최형규가 따라 나왔다. 여경이 카드를 긁고 나가자 수족관 앞에서 담배를 피우고 있던 최형규가 손짓을 했다.

"자세히 보니까 예쁘게 생겼어요."

최형규가 놀래미를 가리켰다. 우럭인지 감성돔인지 검회색으로 보이는 다른 물고기들과 달리 놀래미는 주황과 노랑이 섞여 있어 눈에 띄었다.

"저게 놀래미한테는 보호색일 수도 있겠네요. 지나치게 눈에 띄고 화려하면 괜히 독이 들어 있을 거 같고 그렇잖아요."

"무슨 말이 하고 싶은 건데?"

"조금만 띄워줘도 붕붕 날아다니고 조금만 거슬려도 원수 대하듯 굴고 하는 거, 본부장님 입장에서는 보호색인지도 모르죠. 나, 독 있는 여자야. 그러니까 함부로 건드리지 말라구. 머 그런……. 근데 솔직히 제가 이해 안 되는 사람은 여경 선배예요. 독이 있는 것도 아니고, 아닌 것도 아니고."

"빙빙 돌리지 말고 하고 싶은 말 있으면 확실하게 말

해. 엉뚱하게 오해하게 만들어서 또 애먼 사람 잡지 말고."

"선배는 늘 무난하고 늘 두루뭉술하죠. 그게 여경 선배의 보호색인지 모르지만. 그래도 실장이었잖아요. 여경 선배가 한 일 때문에, 아니죠, 아무것도 하지 않은 일 때문에 인턴들 몇 명이 들어왔다 나갔는지 아세요? 제가 거기 있은 게 일 년이 채 안 되는데 그동안 나간 사람이 서다혜까지 무려 네 명입니다."

여경은 기가 찼다. 자신은 하루아침에 직위가 날아갈 수 있는 일개 실장에 불과했다. 직원들을 부추겨 회사에서 내보낼 이유도 없었고, 회사를 견디지 못해 나가는 직원들을 못 나가게 막을 힘도 없었다. 잘못이라면 본부장의 수다를 들어준 것뿐이었다. 수다를 들으며 예의상 맞장구를 쳤고, 험담이든 불평이든 맞장구를 치다보면 동조 아닌 동조로 대화가 흘러갔다.

"본부장이 저한테 팀장직을 제안하면서 무슨 말을 했는지 아세요? 회사에서 지금 여경 선배한테 하는 거 보면 짐작이 안 됩니까?"

"아니. 안 돼. 뭐랬는데?"

여경은 호흡이 엉겨 쇳소리를 냈다.

"우리 회사 규모에서는 프로젝트 하나를 통째로 맡아서 할 수 있는 직원이 한 명이면 된다더군요. 박성호 선배는, 아마 저를 팀장 자리에 앉히려고 밀어냈을 겁니다. 제가 나오지 않았으면, 박성호 팀장 다음 순서는 실장님이었을 거고요."

여경은 호흡을 골랐다. 굳이 최형규의 입을 빌리지 않았어도 알고 있던 내용이었다. 월남 쌀국수가 목구멍을 밀고 올라왔던 날, 본부장이 비비 꼬아 들려준 스토리였다.

"나를 자르게 놔두고 팀장 차고앉지 그랬어. 이 바닥에서는 그래도 알아주는 회사잖아. 네가 언제부터 날 그렇게……."

최형규가 담배를 바닥에 던지고 가래침을 뱉었다. 여경이 인상을 찌푸렸다. 더럽죠. 최형규가 킬킬거리며 말했다.

"하여간 겁내 순진하신 여경 선배님! 그만두죠. 안녕히 가시고요. 아참, 회사 나오시라고 한 건 농담입니다."

최형규가 손바닥을 들어 보이고 식당 안으로 들어갔

다. 여경은 식당을 바라보며 우두커니 서 있다가 돌아섰다. 자신이 천박하다는 사실을 아는 건 슬프고 참담한 일이었다.

놀래미 원고를 손보던 여경은 어, 하고 소리를 질렀다. 회사에서 진행한 마케팅 사례를 모은 책자에 놀래미 이야기를 창사 스토리로 넣자고 제안한 건 여경이었다. 다른 원고는 이미 다 넘겼고, 이제 창사 스토리만 교정 봐서 인쇄소로 넘길 참이었다.

여경은 모니터의 스크롤을 올려 휴휴암 공사현장 사진을 다시 확인했다. 본부장이 넘겨준 초고에 휴휴암 주차장에 차를 세우고 걸어서 올라가는 내용이 있었다. 그 장면을 묘사하는 대목에 배경사진을 넣으면 좋을 것 같아 휴휴암을 검색하다가 발견한 기사였다. 여경은 기사를 프린트해서 본부장에게 갔다.

“날짜가 안 맞아요. 이때는 공사 중이어서 휴휴암 주변은 바리케이드가 쳐져 있었네요.”

여경이 본부장의 책상에 프린트를 내려놓고 말했다. 놀래미를 방생하기 위해 대표와 본부장이 7번 국도로 차를 몰았다는 날짜에는 휴휴암에 들어갈 수가 없었다.

"아, 이거요? 이때 휴휴암에 간 건 아니에요."

본부장이 여경을 빤히 쳐다보며 말했다. 대표와 본부장이 직원들을 앞에 놓고 들려준 놀래미 스토리에서 가장 감정을 살려 읊었던 대목이 휴휴암으로 들어서는 장면이었다.

"그때는 안 갔고, 아무튼 거기 간 적은 있어요. 대표하고 무슨 공연에서 만나 사귈 때인데……."

십여 년 전, 두 사람이 차를 몰고 휴휴암에 갔던 건 사실이라고 말하며 본부장이 입꼬리를 올리며 웃었다. 여경은 웃지 않았다. 본부장이 새초롬한 표정을 지으면서 말했다.

"집 욕실에 넣어놨는데, 다음 날 퇴근해서 보니 물이 다 빠져 있더라구요. 바빠서 주말에 가려고 했거든요. 다른 내용은 그대로 살리고, 날짜만 적당히 수정해 주시면 돼요."

여경은 프린트를 들고 책상으로 돌아왔다. 대표와 본부장 부부는 그러니까 비닐봉지에 놀래미를 담아 들고 동해바다를 바라보며 국도를 달린 적이 없었다. 놀래미를 차가운 바닷물 속으로 밀어 넣은 적도 없었던 것이다.

"상관없잖아요? 중요한 건 팩트가 아니라 스토리라니까요. 감동을 주지 못하는 팩트가 무슨 소용 있겠어요."

등 뒤에서 본부장이 말했다. 맞는 말이지만, 앞뒤가 바뀐 말이었다. 감동을 주는 스토리라 해도 팩트가 없는 스토리는 스토리텔링이 아니라 사기였다.

여경은 점심을 거르고 사무실에 혼자 남았다. 휴휴암 기사가 실렸던 신문사에 전화를 걸어 사진 게재 허락을 얻은 뒤 원고작업을 마무리했다. 돈 되는 예술을 하겠다던 대표와 본부장의 솔직한 포부를 자신이 꽤 좋아했던 것을 떠올리자 마음이 씁쓸하긴 했다. 여경은 디자인을 맡은 직원에게 원고와 사진 파일을 넘기면서 말했다.

"마지막 꼭지야. 교정 다 본 거니까 디자인 앉히면 인쇄소 웹하드에 올려줘."

오늘밤 인쇄소의 윤전기가 돌아가면 3000부의 초판이 나올 것이고, 그 가운데 2000부는 총판으로 바로 배송될 예정이었다. 그리고 다시 하룻밤을 지나면 사진캡션과 날짜가 맞지 않은 놀래미의 방생 스토리는 새벽

바다에 던져지는 미끼처럼 세상 속으로 던져질 거였다. '안전하게 숨어 살다가 참을 수 없이 매력적인 미끼가 있으면 화끈하게 삼켜라.' 여경이 창사 스토리에 달아놓은 컷제목은 대표와 이사 부부가 놀래미 이야기를 들려줄 때 마음에 와 닿았던 구절이었다. 차가운 겨울바다 깊은 곳에서 미끼를 향해 덤비는 철없고 사납고 불안한 놀래미처럼 여경은 사물함 폴더를 열고 사직서를 끌어냈다.

내게 없는 미홍의 밝음

정거장에서 내려 길찾기 앱을 열었다. 오늘로 이것도 끝이구나. 나는 길찾기 앱의 검색 칸에 시장 이름을 적어 넣으면서 생각했다. 서울에 있는 재래시장을 찾아다니면서 공연을 펼치는 판판프로젝트는 내가 해송문화재단에 들어와서 2년간 맡아서 해온 일이었다. 계약 연장이 된다면 내년에도 재래시장을 돌아다니게 되겠지만, 그럴 가능성은 낮았다. 시장 입구에 미홍이 목도리를 둘둘 감고 서 있는 게 보였다. 미홍은 내가 걸어오는 것을 보고도 뻣뻣하게 서 있었다. 왜 그러고 있어, 준비 안 하고. 미홍은 입만 삐죽 내밀었고, 길바닥에서 햇볕을 쬐던 고양이가 배추를 실은 트럭 밑으로 들어갔다. 볕 좋은 마트 앞에 모여 있던 극단 밝음의 단원들이 나한테 인사를 하며 다가왔다. 아침 추위에 다들 코끝이 빨갰다

“저래가지고 공연이 되겠어요?”

미홍이 시장 쪽으로 고개를 돌리고 팔짱을 꼈다. 마트에서 시작해 고가도로 밑까지 자리를 잡은 시장은 일자형으로 길쭉했다. 연기자 네 명이 공연을 펼치기에는 공간이 협소했다. 미리 현장답사를 해야 했는데 내 실책이었다. 나는 차도 쪽으로 몇 걸음 옮겨서 시장 주변을 둘러보았다. 시장 중간에 바깥으로 나가는 통로가 있고, 바깥도로에는 가게에서 내놓은 허섭스레기들이 널려 있었다. 저걸 대충 치우고 공연을 할 것인가, 잠시 궁리를 하다가 포기했다. 치우는 일도 만만찮았고, 차도와 붙어 있어 교통방해 신고가 들어올 게 뻔했다.

“동작 없애고 대사로만 치고 가자. 방법이 없네.”

내 말에 미홍이 발끈했다.

“언니는, 연기까지 했던 사람이 왜 그래.”

“내가 무슨 연기를 해.”

연기를 하긴 했지만 십수 년 전 일이었다. 음, 딕션은

소영이가 최고다. 기억 안 나? 미홍이 비난조로 말했다. 대학 때 연극반 지도교수는 직구를 던지듯 발성을 하라면서 내 발음을 칭찬했다. 미홍은 특히 그 교수에게 발음 지적을 많이 당했다. 그게 미홍에게 상처가 됐을 것 같지도 않은데 딕션이니 뭐니 얘기를 꺼내는 게 번잡스럽게 느껴졌다. 공연 횟수 신경 써야 하는 거 다들 알죠? 빨리 시작합시다. 내 말에 단원들이 미홍을 쳐다보았다. 아, 진짜 그림 안 나오는데……. 미홍은 시장입구를 노려보며 투덜거렸다. 나는 미홍에게 한마디 쏴주려다 입을 다물었다. 외주작업자가 뻗댈 때는 말문을 닫는 게 효과적이었다. 입을 닫고 있으면, 그들은 내 눈치를 살폈다. 현장에서는 그들에게 내가 재단이었다.

애들아, 우리 컨셉 좀 잡자. 미홍이 상처받았다는 표정을 짓고는 단원들을 데리고 마트 앞으로 몰려갔다. 여자들 다섯이 머리를 맞대고 둘러선 모습이 우습기도 하고 미안하기도 해서 나는 입술을 깨물고 있다가 미홍을 불렀다. 고개를 삐뚜름히 돌려 쳐다보는 미홍에게 손목시계를 들어 보였다. 삐쳐서 모른 척할 것 같던 미홍이 순순히 고개를 끄덕였다. 나는 미홍에게 마트 이 층에 있는 카페를 가리켜 보이고는 계단을 올라갔다.

출입문을 열자 주방과 가까운 테이블에서 냅킨을 접고 있던 남자가 고개를 들었다. 깨끗하게 청소가 된 카페 안에 손님이 아무도 없어 괜히 횡재한 기분이었다. 나는 드립커피를 주문하고 창가 구석자리로 갔다. 엉덩이를 들지 않아도 거리가 훤히 내다보였다. 공연 상황을 체크하면서 과제를 해치우기에 안성맞춤이었다. 고깔모자를 쓰고 알록달록한 몸빼바지를 입은 배우 넷이 생선가게로 우쭐우쭐 몰려갔다. 생선가게 아줌마가 이를 드러내며 웃었다. 프로젝트를 시작하고 두어 차례 공연을 쳐낸 뒤로는 미홍과 배우들이 구술자 섭외도 알아서 했다.

해송문화재단이 서울시 지원금을 받아서 진행하는 판판프로젝트 공연은 백화점이나 대형할인매장으로만 몰리는 사람들을 재래시장으로 끌어들이는 게 목적이었다. 판판프로젝트의 외주업체를 선정하는 면접 자리에서 미홍은 자신의 연출 포인트가 신파와 감동이라고 밝혀 점수를 땄다. 극단 밝음의 대표이자 연출가이기도 한 미홍은 대본 없는 즉석공연을 하겠다고 기획서에 적어

냈다. 작년에 했던 극단은 시장유래를 조사해서 극본을 준비해 가던데요. 팀장의 말에 미홍은 살짝 코웃음을 쳤다. 신파와 감동은 짜놓은 대본에서 나오는 게 아니거든요. 그럼 어디서 나오는데요? 팀장이 물어보자 미홍은 오른손을 가슴에 얹고 말했다. 별의별 고생을 다 했지만, 내가 이렇게 당당하게 살아가고 있다는 거요. 누구든 자기 인생에서는 주인공이잖아요. 주인공이 꾸려가는 가게를 무대배경으로 해서 그 사람 인생을 눈앞에서 펼쳐 보이는 겁니다. 생각해 보라고요. 자기 인생이 펼쳐지는데 감동을 하지, 안 하겠어요? 주인공 스토리가 알려지면 손님도 늘 거고요. 같은 물건을 사도 이왕이면 인생 내력을 알게 된 사람 가게에서 사고 싶잖아요. 인간적으로요. 스토리텔링을 이용한 마케팅까지 염두에 두고 있다는 점에서 미홍의 대답은 훌륭했다.

대본이 필요 없는 극단 밝음의 공연은 섭외가 관건이었다. 시장바닥에서 살아온 이야기를 책으로 쓰면 열 권도 모자란다고 큰소리치는 상인을 두세 명 정도 확보하면 그날 공연은 성공이었다. 상인들로부터 살아온 내력을 들으면 극단 밝음 단원들은 그 이야기 속으로 자신들을 밀어 넣었다. 상인들은 자신의 이야기에 빙의한 무당처럼 설치는 연기자들을 보면서 어색하고 민망해했지만, 대부분 금세 공연에 빠져들었다. 이웃가게 주인들과 장 보러 온 손님들도 자리를 뜨지 않고 주인공의 시장인생을 지켜보았다. 미홍은 능력 있는 연출가였다.

연출로 풀리긴 했지만, 대학연극부 때 미홍은 주인공급 역할을 많이 맡았다. 선배들은 발음 지적을 받던 미홍에게 비중 있는 역할을 안기면서 내게는 중요한 배역을 맡기지 않았다. 제아무리 딕션이 좋아도 무대욕심 없이는 인물 소화 못해. 넌 연기는 아냐. 조연출의 충고가 크게 섭섭하거나 억울하지는 않았다. 나는 무대에 서는 것보다 조명실에 앉아 있는 것을 좋아했다. 여배우1이나 행인2 같은, 내가 나오는 몇 장면이 끝나면 대본을 말아 쥐고 조명실로 뛰어 올라가곤 했다. 불이 꺼진 조명실에서 내려다보는 무대야말로 진짜 무대였다. 사람들이 등장하고, 움직이고, 사라지는 무대는 나의 부재로 인해 신비롭고 비밀스러운 공간으로 변모했다. 잠시 등장했다 사라지는 사람들의 기억과 부재가 고여 있는 무대는 마치 인류의 운명을 항해하는 커다란 배와 같았다.

조명실의 어둠 속에 앉아서 내가 빠져나온 배를 내려다 보던 그때를 떠올리자 어떤 비애 같은 것이 밀려왔다. 나는 늙은 여자처럼 한숨을 내쉬었다. 커피를 탁자에 내려놓던 카페 남자가 나를 힐끔 보았다.

시장통 카페치고는 커피 맛이 괜찮았다. 한 모금을 마시고, 또 한 모금을 더 마시고 나서 구닥다리 넷북을 켰다. 오전 중에는 오늘 저녁 명리학교실에서 발표할 내 사주명식을 정리하고, 오후에는 공연보고서를 작성하기로 했다. 공연사진은 미홍이 알아서 찍어놓을 것이다. 나는 불과 흙으로 채워진 내 사주명식을 불러냈다.

을乙 병丙 경庚 기己
미未 인寅 오午 미未

내가 태어난 해는 1979년 기미년이었다. 기미년, 기미년부터 해석을 하자. 기미년을 되뇌어도, 욕설을 내뱉는 것 같은 후련함은 있는데, 아무 생각이 나지 않았다. 강의를 들을 때는 뭔가 알 것 같더니 막상 혼자서 분석을 하려니 기본 용어조차 가물거렸다. 괜히 발표하겠다고 나섰나. 후회가 되기도 했지만, 자기 명식을 발표해야 사부가 총평 삼아 들려주는 조언을 들을 수 있었다. 강의내용에 얽매이지 말고, 본인의 직관과 직감으로 정리해 오면 됩니다. 사부가 일러준 대로 눈에 들어오는 것부터 짚어가기로 하고 메모장을 열었다.

내가 명리학에 꽂힌 건 지난 여름휴가 때였다. 뤽 베송 감독이 만든 영화 〈제5원소〉를 토렌트에서 다운받아 본 뒤 5원소를 검색하다가 명리학 사이트로 들어가게 됐다. 명리학의 5원소인 오행(五行)에 대해 적어놓은 글이 눈에 띄었다. 수성, 목성, 화성, 토성, 금성이 지구에 영향을 미치고, 지구는 물(水), 나무(木), 불(火), 흙(土), 쇠(金)의 오행으로 이루어져 있다는 내용이었다. 영화에 나오는 5원소보다 명리학의 5원소가 더 그럴싸해 보였다. 나는 선풍기를 틀어놓고 배를 깔고 엎드려 노트북을 클릭해가며 몇 시간 동안 사이트에 올라온 글을 읽었다. 근시안에 도수를 맞춘 안경 하나를 코에 걸친 느낌이었다. 나는 링크를 걸어놓은 명리학교실로 들어갔다. 명리학입문반 과정이 개설돼 있었다. 첫 강의는 이미 지나갔지만 바로 신청을 했다. 명리학이라는 게 태양계를 도는 행성들의 움직임까지 살펴서 사람의 일과 사물의 이치를 해석해주는 학문이라니, 직장생활을 시작하면서 틀어진 내 인생행로쯤 가뿐하게 짚어줄 수 있을 것 같았다.

내 인생에서 운의 절정기는 대학을 졸업하던 해였다. 절정기라기보다는 결정적인 해라는 게 맞겠다. 그해 2002년은 임오년(壬午年)으로 힘이 지나치게 세서 문제가 되는 겁재의 기운이 내게 들어온 해였다. 겁재는 프로이트식으로 말하면 무의식적인 욕구의 저장고인 이드(Id) 같은 거였다. 내 사주명식 자체에 이미 겁재가 있는데, 임오년이 되면서 겁재가 하나 더 들어왔으니 눈에 뵈는 게 없었을 것이다. 겁재의 괴력으로 기가 펄펄 살아서인지 나는 R쇼핑 취업에 성공했다. R쇼핑에서 나는 마케팅부 막내사원이었고, 홍보담당자인 정대리가 내 사수였다. 사수가 시키는 일을 하라고 있는 게 막내였으므로, 나는 찍어 온 사진파일을 정리하고, 교정을 보고, 약속이 잡힌 인터뷰이에게 확인전화를 걸었다. 다음 달에도 그 일을 했고, 그다음 달에도 그 일만 했다. 테마 잡고, 취재하고, 사진 찍고, 글 쓰는 일은 막내가 해서는 안 되는 건가, 묻고 싶었으나 참았다. 잡무만 시키는 데 대한 불만을 내색하지 않고 묵묵히 견딘 게 대기업 신입 사원으로서 내가 몇 달간 해낸 일이었다. 정대리가 Y여대 언론정보학과에 응시했다가 떨어진 적이 있다는 소문을 다른 부서에 있는 입사동기에게서 들었다. 나는 Y여대의 언론정보학과를 나왔다. 그 나이에 웬 지질함이래. 빈정거리는 내 말을 입사동기는 못 들은 척했다.

그날 이후 나는 할 일이 없어 남아도는 시간에 지난 호 사보를 뒤적이며 눈치 보는 짓 따위는 하지 않았다. 나는 정대리가 시키건 말건 다음 호 작업에 필요하겠다 싶은 자료를 찾아서 공유폴더에 올려놓았다. 미친 거 아니냐는 눈총을 정대리가 쏘아 보냈지만 못 본 척했다. 나는 꿋꿋이 여름시즌에 어울리는 이미지를 확보했고, 신제품 홍보에 필요한 컨셉 아이디어도 생각날 때마다 올렸다. 누군가 그걸 쓰든지 버리든지 상관없었다. 애가 무슨 생각을 하는지 말도 없고, 어딘지 엉큼해. 재수 없어. 휴게실에서 정대리가 다른 선배들과 쑥덕거리는 소리를 옆 테이블에 앉아서 듣기도 했다. 아무렇지 않은 척했지만 힘들었다. 조직에서는 누가 옳고 그르고를 따지지 않았다. 나는 8월 초에 사직서를 냈다. 다음 인사 이동을 기다려보라는 충고는 귀에 들어오지 않았다. 더는 정대리와 마주치고 싶지 않았다. 지질한 인간들한테 나를 던져두는 건 자신에 대한 예의가 아니지. 나는 그렇게 결론을 내렸다.

첫 직장을 때려치우고 두 달 남짓 쉬다가 작은 무역회사에 들어갔다. 간단한 서류번역을 하고 사무를 봤는데 재미가 없었다. 수틀리면 또 때려치우지 하는 생각이 불쑥불쑥 들면서 출근하기가 싫었다. 그래도 다녔다. 나는 학교 다닐 때도 그랬지만, 기본적으로 성실한 편이고 튀는 것을 싫어하는 타입이었다. 사직서를 던지는 객기는 한 번으로 족했다. 무역회사가 부도를 맞아 망한 뒤에는 영상 제작업체 몇 군데를 옮겨 다녔다. 종합복지관, 입시학원, 신문사 교열부 등에서도 일을 했다. 종합복지관에서는 11개월째 월급이 찍힌 다음 날 해지통고를 받았고, 신문사에서는 정규직 전환을 코앞에 두고 잘렸다. 지금 다니는 문화재단에서도 조만간 계약해지 통고를 받게 될 터였다.

첫 직장부터 지금 다니는 재단까지, 내 사주명식의 대

운과 연결시켜가며 사회생활을 징검징검 정리하고 나서 메모장을 저장했다. 그래프로 그리면 45도 기울기의 인생이었다. 뭔가 억울하다기보다 어이가 없다는 기분이었다. 재단에서 계약해지를 통고받으면, 45도 기울기의 직선 끄트머리에 점 하나 찍힐 것이고, 그 점을 뭉개면서 일직선은 아래로 내리꽂힐 것이다. 분기별 사업이 12월 중으로 마무리되니까 이번 달 말, 늦어도 12월 초까지는 해지통고가 날아올 거였다. 재계약은 대개 일 회에 그쳤다. 계약직에 대한 통상적인 처리방식이 그랬다. 그것을 뻔히 알면서도 뭔가에 쫓기듯 마음이 초조하고 불안했다. 해지통고를 받게 될까 봐 그런 건 아니었다. 물론 그 이유도 없지 않았지만, 요즘 들어 딱히 근거를 알 수 없는 불안이 수시로 밀려들었다.

사람이 이유 없이 불안한 것도 사주에 들어 있는지, 명리학교실에 나오는 여자에게 물은 적이 있었다. 강의시간에 사부의 말을 끊고 질문을 던져 눈총을 사긴 해도 실력은 있어 보였다. 불안한 거 맞네. 겁재가 안방에 들앉았으니 힘이 오죽할까. 반말 비슷하게 던지고 난 여자가 내 사주명식을 한참 더 들여다보더니 고개를 절레 절레 흔들었다. 나는 여자의 입을 쳐다보았다. 자기한테는 겁재가 불이잖아. 불이 나무를 다 태워버리니 몸도 가시방석이요, 마음도 가시방석일밖에. 어디 기댈 데가 없으니 불편하고 불안하지. 여자는 거침없이 풀이했다. 내 명식에서 나무는 문서, 엄마, 공부 같은 것을 의미했다. 나는 여자에게 물었다. 나무가 불에 타버린다는 것은, 뭔가 배우러 다니는 게 저한테 도움이 안 된다는 의미인가요. 여자는 내가 사다 준 커피를 빨아먹으며 어깨를 들었다 놨다. 내가 생각해도 바보 같은 질문이었다.

"언니, 사주 보는 거야?"

갑자기 미홍의 목소리가 들려 나는 고개를 들었다. 언제 들어왔는지 미홍이 내 옆에 서서 만세력을 띄워놓은 넷북 모니터를 들여다보고 있었다. 이런 건 또 언제 배웠대. 하여간 부지런한 언니라며 나를 치켜세운 미홍이 카페 남자에게 라테를 주문했다.

"볼 줄 알면 내꺼도 좀 봐줘. 공연지원금 신청해놨는데 그거 안 되면 우리 극단 완전 죽음이야. 굶어 죽을지도 몰라."

미홍이 맞은편 의자에 앉으면서 호들갑을 떨었다. 호

들갑스럽긴 해도 엄살은 아닐 거였다. 오늘만 해도 연출까지 다섯 명이 아침 아홉 시 반에 나와서 오후 서너 시까지 뛰는데, 책정된 공연비는 겨우 40만 원이었다. 교통비와 점심값과 소품비가 포함된 금액이 그 정도였다. 그래도 미홍은 해송문화재단 사업은 공연비 떼일 걱정을 안 해도 된다며 판판 공연업체로 선정됐을 때 엄청 좋아했다.

"언니, 잘 먹을게."

카페라테를 받아 든 미홍이 잔을 들어 올리며 애교를 부렸다. 대학교 때는 미홍이 저러지 않았다. 몇 년간 서로 연락이 끊겼다가 재단 일을 하면서 만났는데, 미홍은 성격이 많이 변해 있었다.

"애들은 잘하고 있고?"

"우리 애들이야 늘 잘하지. 내가 운영 능력이 없어 문제지. 극단도 요즘은 전문마케팅이 필요한데 언제 그런 걸 배웠어야 말이지."

입술에 라테 거품을 묻힌 채 투덜거리던 미홍이 의자에 비스듬히 몸을 기대고 눈을 감았다. 입을 놀리지 않고 있으니 미홍의 얼굴이 해쓱해 보였다. 그래, 쉬어라.

너도 좀 쉬어야지. 속으로 한 말인데, 미홍의 눈이 파르르 떨렸다. 나는 넷북을 덮었다. 키보드 소리로 잠을 방해하고 싶지 않았다. 미홍이 가는 한숨을 내쉬었다. 금세 잠이 들었는지 가슴이 조용히 오르내렸다.

미홍은 대학을 졸업하고 들어간 극단에서 제대로 된 배역을 따내지 못했다. 연출가로부터 발음이 부정확하고 호흡이 짧다는 지적을 받았다. 자신의 폐활량에 개선의 여지가 없다고 판단하자 미홍은 연출로 돌아섰다. 연출, 이거 재밌어. 첫 연출작을 무대에 올렸을 때 초대장을 보낸 미홍은 볼을 발갛게 물들인 채 말했다. 그 뒤로는 내가 연극에서 관심을 거뒀으므로 만날 일이 없었다. 재단 일로 다시 만났을 때 미홍은 극단 대표가 돼 있었다. 극단 밝음을 만들고 나서 사람들한테 기피 인물로 찍혔다고 미홍은 묻지도 않았는데 술술 털어놓았다. 공연이 있을 때마다 선후배와 동기들을 찾아다니며 표를 강매했고, 밥값과 사무실 운영비를 뜯었다고 했다. 덕분에 빈대라는 별명을 얻었다는 미홍이, 나는 부러웠다. 빈대라는 소리를 들으면서까지 붙잡고 갈 만한 뭔가가 있다면 막막하지 않을 것 같았다. 내게는 미홍의 밝음 같은 게 없었다.

"내 생년월일 불러줄까?"

나지막이 코를 골던 미홍이 갑자기 몸을 벌떡 일으키고 말했다.

"아니다. 4월 1일, 밝음 창단 날짜로 봐줘. 내년에 우리 극단, 운빨이 어떨 것 같아?"

"그거 알아맞힐 실력이면 자리 깔았게."

극단 창립일과 내년 연운이 합인지 충인지 정도만 봐줄까 하다가 그만두었다. 몇 년간 열심히 극단을 이끌어온 것 자체가 운빨이지, 머. 나는 미홍에게 고리타분한 말로 둘러댔다. 그런가. 미홍이 내 눈을 빤히 쳐다보더니 자리에서 일어섰다.

"밥이나 먹으러 가야겠다. 아참, 이건 오늘 구술자들 섭외한 거."

미홍이 가게 상호와 전화번호를 적은 진행기록지를 내놓고 손바닥을 내밀었다.

"뭘?"

"나 배고파. 아침에 보니까 밥통에 밥이 하나도 없더라. 누가 또 친구들을 끌고 와서 싹쓸이를 했나 봐."

아침저녁 두 끼를 고시원 밥으로 때우는 미홍은 시장 공연이 있는 날 툭하면 손을 벌렸다. 공연비에 점심값이 포함돼 있다는 말은 차마 안 나왔다. 시장통이라 밥값이 싼 게 그나마 다행이었다. 나는 오천 원짜리 한 장을 꺼냈다가 다시 지갑을 열고 만 원짜리 세 장을 더 꺼냈다. 미홍이 눈을 끔벅거렸다. 오늘 마지막 공연이잖아. 재단에서는 프로젝트를 끝낸 외주업체에 회식비를 주는 대신 기념품을 발송했다. 기념품이라는 게 작은 액자나 무릎담요 같은 거라서 주고도 욕을 먹었다. 언니, 맛있는 거 사 먹을게. 미홍이 손에 쥔 지폐를 흔들어 보이고는 출입문을 나갔다. 카페 남자가 우리 둘이 하는 양을 쳐다보고는 실쭉 웃었다.

점심시간이 한참 지났는데 카페에는 아직 손님이 나밖에 없었다. 넷북을 다시 켜고 명식 정리를 다 끝낼 때까지도 손님이 들어오지 않았다. 남자는 남의 카페를 봐주러 온 사람처럼 태평했다. 그러니까 저 태평스러운 얼굴을 나는 전에 본 적이 있었다. 경복궁 근처 커피전문점에서 바리스타 기초과정을 배울 때였다. 무슨 제약회사에 다닌다고 했던 기억도 났다. 제약회사 영업사원에서 시장통 카페 주인으로 변모한 남자의 사주명식을 가져가면 명리학교실 사부가 좋아하겠다. 그런 생각을 하면서 나는 넷북을 끄고 가방을 챙겼다. 카드를 내미는 내게 남자가 눈인사를 했다. 잠깐 망설이다 귀찮아서 알은척하지 않았다.

카페 계단을 내려가자 미홍이 생선가게 앞에서 손짓을 했다. 이제 한 집만 더 하면 돼. 공연반응이 좋은지 미홍의 목소리가 통통 튀었다. 여기 생선가게 아줌마가 사람들 신상을 다 꿰고 있어. 저기 신발집 사장님은 오일장 돌던 장돌뱅이 출신인데 인생이 수목 드라마야. 나는 진행기록지에 미홍이 일러주는 내용을 메모하고 시장 안으로 들어갔다. 가게를 돌면서 공연소감을 듣고, 공연장면을 액자로 만들어서 드릴 건데 특별히 넣고 싶은 말이 있는지 묻고, 사진을 몇 장 더 찍고, 재단에서 전화가 올 경우 어떻게 말하는 게 좋은지 힌트를 주었다. 마지막 가게까지 도는 데 한 시간이 걸렸다. 상인들과 주고받은 말을 탈탈 털어서 공연보고서를 채우면 오늘 업무는 끝이었다.

공연은 끝났지만, 보고서를 완성해 놓고 카톡을 보내

기로 했다. 지금 공연종료를 알렸다가 사무실로 들어오라는 소리가 나오면 골치 아팠다. 명리학교실과 재단사무실은 서울의 양 끝에 있었다. 미홍이 단원 네 명과 소품들로 가득 채운 차를 몰고 돌아간 뒤 나는 편의점을 찾아 들어갔다. 편의점 탁자에 자리를 잡고 넷북을 켜고 시간을 확인했다. 네 시가 가까웠다. 미홍이 넘겨준 공연사진을 띄워가며 구술자의 스토리와 공연장면에 대한 설명을 덧붙이는 식으로 보고서를 썼다. 말이 보고서지 거의 공연 팸플릿 분량이었다. 공연 틈틈이 작성했어야 할 내용을 몰아 쓰고 나자 어깨가 따끔거렸다. 양쪽 팔을 번갈아 치켜들고는 천천히 돌렸다. 계산대를 지키는 여자애가 내가 앉아 있는 쪽을 멍하니 보고 있었다.

나는 의자를 뒤로 물리고 일어나 진열대에서 삼각김밥과 컵라면을 집어 들었다. 라면이 붇기를 기다리며 목운동을 하는데 뿌드득 소리가 났다. 삼각김밥을 먹고 라면국물까지 다 마시고 나서 팀장에게 카톡을 보냈다. 공연 5회 완료. 공연팀에 부과된 하루 공연 횟수는 5회 이상이었다. 읽음 표시가 뜨는데 답이 없었다. 마지막 남은 한 꼭지를 마저 작성하고 나서 다시 카톡을 날렸다.

한 건 정도 더할까 싶어 나가봤는데 섭외가 안 되네요. 보고서는 메일로 보낼게요. 즉시 답변이 왔다. 알았음. 이모티콘이나 물결표시 없이 오는 답글은 화가 났다는 표현이었다. 가끔 반말을 툭툭 날리는 팀장은 나보다 두 살 아래였다.

뜨거운 컵라면 국물을 먹고 나니 괜찮은 것 같더니 밖으로 나오자 등이 으슬으슬했다. 요즘은 조금 무리를 하면 맥이 풀리듯 몸에서 힘이 빠졌다. 직장을 다니면서 이런저런 강좌를 쫓아다니느라 내가 생각해도 바쁘게 살긴 살았는데, 그 때문에 피로가 쌓인 거라면 왠지 부끄러웠다. 지난 몇 년간 나는 한 강좌가 끝나면 또 다른 강좌를 찾아 등록을 했다. 퇴근하고 누구를 만나 저녁을 먹는다거나 술을 홀짝이는 것에 대해 거부감은 없었다. 그냥 내키지 않았다. 차라리 낯선 강사를 앞에 두고 뭔가에 집중하는 게 마음이 편했다. 배워두면 언젠가 써먹을 데가 있을 거라는 계산으로 강좌를 선택한 건 처음 한두 번이었다. 내가 새로운 강좌를 찾아 돌아다니는 동안 동기들은 고만고만한 회사의 팀장급으로 승진해 있었다. R쇼핑에 입사했을 때 나를 부러워했던 동기들이었다.

만날 뭐가 그렇게 바빠. 내게 연락을 해오던 동기들이 나중에는 화를 냈다. 내가 그들을 만나고 싶어 하지 않는다는 사실을 처음에는 나도 몰랐다. 나는 치부를 들춰내듯 내 일정을 그들에게 알렸다. 스페인어 배우러 다니느라 시간이 통 안 나네. 요즘 벨리댄스 배우고 있어. 매일 가는데 벌써 넉 달째야. 나 고기 안 먹어. 얼마 전부터 몸살림운동 시작했어……. 카메라를 배우고, 비누공예를 하고, 귀농학교를 다니고, 명리학을 공부하면서 나는 실제로 늘 바빴다. 어쩌면 늘 바쁠 수 있었던 것이 그렇게 열심히 강좌를 쫓아다닌 이유였는지도 모르겠다. 뭐가 됐든 뭔가를 하려고 달려가는 길은 덜 막막했다.

문구점에서 내 명식을 풀이한 과제를 프린트로 뽑아 복사한 뒤 밖으로 나와 주변을 둘러보았다. 아무래도 몸살약을 먹어야 할 것 같았다. 나는 문구점으로 도로 들어가 주인여자에게 약국이 어디 있는지 물었다. 주인여자가 한참 생각하더니 버스정류장 근처에 있을 거라고 했다. 나처럼 눈썰미가 어지간히 없는 여자였다. 아침에 버스에서 내렸던 정류장 건너편에 약국이 보였다. 횡단보도 앞에 서서 스마트폰을 열었다. 길찾기 앱을 열고 시장에서 명리학교실로 가는 길을 검색했다. 한 시간 거리였다. 스마트폰을 가방에 넣는데 카톡이 울렸다. 잠깐 신경이 곤두섰다. 해지통고는 아니었다.

아버지 또 시골로 잠적. 혼자 배달 뛰느라 죽을 지경임.

카톡은 남동생한테서 온 거였다. 답장을 하지 않자 전화가 걸려왔다. 횡단보도를 다 건너가서 전화를 받았다. 저녁에 와서 홀 좀 봐주라. 엄마가 닭 튀기다가 뛰어나와 맥주잔 나르고 있어. 동생이 고함을 질렀다. 갈 데 있어서 안 돼. 바빠. 바쁘지 않아도 치킨냄새 맡으면서 맥주잔 나르기는 싫었다. 아버지는 재작년에 정년퇴직을 하고, 집을 판 돈에다 미리 찾아 쓰고 조금 남아 있던 퇴직금을 보태 동생한테 치킨집을 차려주었다. 온 가족 생활비를 책임지겠다며 큰소리쳤던 동생은 엄마와 아버지를 종업원으로 부리고 있었다. 집을 팔고 전세로 들어가면서 동생은 방 두 개짜리를 계약했다. 거실에서 자도 된다는 동생한테 방을 내주고 나는 원룸을 얻어 나왔다. 덕분에 매달 원룸비와 생활비를 벌기 위해 몇 달 푹 쉬고 싶어도 쉴 수 없는 처지였다. 내 사주명식을 정리하면서 부모 형제 덕이 없다는 내용을 넣었어야 했다는 생각이 들었다.

명리학교실이 있는 회관으로 들어서자 사부의 우렁우렁한 목소리가 들렸다. 내가 발표를 하는 날인데 삼십 분이나 늦었다. 약국에서 나와 길찾기 앱이 일러준 150번 버스를 타고 몇 정거장 가다 보니 반대방향이었다. 다음 정류장에서 내려 환승해 오는데 길이 막혔다. 한두 번 겪는 일이 아니었으므로 새삼스럽지는 않았으나 부글거리며 술이 괴듯 조용히 화가 괴어올랐다. 버스 손잡이를 잡고 흔들리면서 한 시간 남짓을 서서 왔다. 오는 동안 몸에 약 기운이 퍼졌는지 으슬으슬한 느낌은 덜했다.

"외모만 성형하는 줄 알아? 아니야, 여러분. 팔자도 성형을 해요. 해마다 재기통문이 든 날에 생일잔치를 하고, 그날 태어났다고 우기는 거야. 재물이 붙을 사주라고 지한테도 우기고 남한테도 우기면서 사주 자체를 바꿔버리는 거야. 사주 바꾸기 참 쉽죠이."

꼬리를 늘이는 사부의 말투에 수강생들이 웃음을 터트렸다. 나는 웃음소리로 소란해진 틈을 타서 빈자리를 찾아 앉았다. 가방에서 수강생들에게 나눠줄 복사 뭉치를 꺼내자 U자로 배치된 자리의 건너편에 앉아 있던 철학공방 남자가 손가락으로 브이자를 만들어 보였다. 어색한 티가 묻어나는 포즈에 웃음이 나왔다. 그가 방장으로 있던 철학공방에 꽤 오래 참석한 적이 있었다. 무슨 유행처럼 서울 곳곳에 인문학 카페가 생길 무렵이었다. 철학공방은 그런 카페에서 꾸리던 철학서 읽기 모임이었다. 카페를 찾아간 첫날 얼굴이 네모나게 각진 남자가 철학공부를 하려고 마음먹은 계기가 궁금하다고 말을 건넸다. 철학을 하면 내가 바라는 게 어떤 삶인지 알 수 있을 것 같아서 왔다고, 나는 준비된 대답을 했다. 내 태도가 조신해 보였는지 사람들이 우호적인 미소를 지었다. 얼굴이 각진 남자가 철학공방 모임의 방장이라고 자신을 소개하고는 환영사를 했다.

"여긴 다들 형편껏 자신의 입장에서 공부하고 있어요. 철학공방이라는 배가 항해하고 있기 때문에 같은 배를 탄 사람들과 함께하는 행복이 있을 겁니다."

같은 배를 타고 항해한다는 방장의 말이 이상하게 안도감을 주었다. 계속 모임에 나올지 말지 쭈뼛거리던 마음도 사라졌다. 배에 탄 사람들은 자주 바뀌었지만 철학공방 남자를 중심으로 매주 모임이 이어졌다. 나는 일 년 가까이 참석을 하다가 영상센터에서 하는 동영상 편집강좌를 듣게 되면서 빠졌다. 빠진 뒤에도 철학공방은 하나의 커다란 배처럼 내 기억 속에 남았다. 그 후 내가 참석했던 강좌나 모임에서도 나는 새로 만난 사람들과 어울려 잠시 같은 배를 타고 항해하는 거라 생각했다.

"명식 발표합시다. 오늘 누구지?"

사부의 말에 나는 일어서서 앞으로 나갔다. 숨을 고르며 사람들을 둘러보다 철학공방 남자에게 눈을 맞췄다. 마음이 차분해졌다. 철학공방 모임 때도 그랬다. 겨우 해독한 내용을 떠듬떠듬 늘어놓으면서도 네모나게 각진 얼굴을 보고 있으면 안정감이 들었다.

"이소영 씨, 생일을 잘못 알고 있는 거 아닌가요?"

발표가 끝나자 내 명식에 화(火)가 넘쳐 나무를 다 태운다고 풀이했던 여자가 질문을 했다. 질문이 아니라 추궁하는 말투여서 나는 순간적으로 기분이 나쁠 뻔했다.

"양력으로 79년 6월 28일 맞아요."

"아까 직장을 이곳저곳 옮겨 다녔다고 했는데…… 명

식이 안 맞아요. 느낌적 느낌으로."

느낌적 느낌 같은 소리는 할 필요 없고 근거를 말하라고 구석에 앉아 있던 사부가 참견을 했다. 사부의 퉁명스러운 말투에도 기죽지 않고 여자가 빔으로 띄워놓은 내 사주명식을 가리켰다.

"재물을 겁탈하는 겁재에다 직장 운을 망치는 상관이 저렇게 들앉았는데 직장을 그리 쉽게 찾아 들어갔다고요? 쉬지도 않고? 저 명식이면 쪽박을 차도 벌써 찼겠네. 겁재에 상관에 편인에……, 흉신이 저 정도면 정신적으로 먼저 문제가 생겼지 싶은데요."

여자의 말은 사주에 귀격 천격이 따로 없고, 길신 흉신이 정해진 게 아니라는 사부의 강의내용을 대놓고 부정하는 것이었다. 사부는 겁재나 상관이 흉신이 아니라 낡은 판을 치우고 새로운 판을 짜는 기운이라고 가르쳤다.

"주제넘지만, 한 말씀 드리고 싶은데요."

철학공방이 손을 들었다. 사람들 눈길이 여자한테서 철학공방으로 옮겨갔다.

"사람 한평생을 생로병사라 이르지 않습니까. 생로병

사에서 좋은 게 뭐 있나요? 태어난다는 거, 이거 하나가 좋을라나. 평생 힘들게 괴롭게 살다가 좁쌀만큼 괜찮은 게 있으면 우리는 그 좁쌀 하나 갖고 죽인다느니 대박이라느니 하잖습니까. 어차피 사람 사는 게 열에 아홉 쪽박입니다. 도긴개긴 인생에 쪽박 명식이다 뭐다 겁주고 겁먹고 그럴 거 없지 싶어요. 하하하!"

살짝 험악해진 교실 분위기를 누이려는 듯 수강생들이 철학공방을 따라 웃었다. 철학공방이 다시 말을 이었다.

"소영 씨 대운을 보니 지금은 좀 갑갑하지만 오륙 년 뒤부터는 일이 풀릴 것 같습니다. 43대운부터 용신인 해수 자수가 들어오고……."

철학공방이 주제를 대운으로 바꾸었고, 내가 살아온 내력을 바탕으로 앞으로 일어날 수 있는 변화에 대해 추측하는 의견들이 나왔다. 수업이 끝날 때쯤 사부가 내 명식의 특징을 짚으면서 이런저런 조언을 했다. 내용이 두루뭉술해 기대했던 것에 못 미쳤지만 역시 그러려니 했다. 나도 속으로는 명리학이 귀에 걸면 귀걸이 코에 걸면 코걸이라고, 반쯤은 접어두었던 모양이다. 사부는 하고 싶은 것을 하면서 살되 뭐든 너무 잘하려고 애쓰지는 말라고 했다. 그 말을 두 번 반복했다.

열 시에 수업이 끝나고, 나는 뒤풀이에 몰려가는 사람들 뒤로 빠졌다. 약 기운으로 찌그러져 있던 한기가 어깨를 두드렸다. 철학공방이 같이 가자고 손짓을 했다. 나는 덜덜 떨리는 이를 악물고 고개를 저었다. 철학공방은 잠시 나를 쳐다보다가 돌아섰다. 다음 달인 12월 둘째 주에 명리학교실 입문반이 끝나고, 내년 1월 심화반 과정이 시작될 터였다. 나는 심화반을 등록하게 될 것 같지 않았다. 자기 명식에 올라탄 사람은 본인이 가고 싶은 대로 죽 가면 돼. 사부가 했던 말을 떠올리며 나는 스마트폰을 꺼내 들었다. 말을 밉상스럽게 해서 그렇지 여자는 내 삶의 핵심을 짚었다. 사주 때문이든 아니든, 나는 내 쪽박을 깼다.

직장을 구할 때마다 나는 일이 년 다니고 나면 해지통고를 받게 될 곳을 골라서 들어갔다. 일부러 그런 직장을 골랐던 건 아니었다. 그나마 숨쉬기가 편한 곳을 고른 게 결과적으로 그랬다. 닥치는 대로 여기저기 찾아들었던 강좌 가운데는 제목조차 기억나지 않는 게 많았다. 나오고 나서 후회했던 대기업 정규직도, 피곤을 무릅쓰고 쫓아다녔던 그 많은 강좌들도 내가 정말 하고 싶었던 게 아니었던 거다. 정말 하고 싶은 게 뭔지 나는 알지 못했다. 어쩌면 정말 하고 싶은 게 없는지도 몰랐다. 그렇다면 그냥저냥 살면 되지 뭐. 그렇게 생각을 정리하고 돌아서면, 바로 불안했다. 스스로 방향을 가늠하고, 낫낫이 손질을 해가며, 간절히 뭔가를 붙잡고 가는 사람의 배에 올라타는 것 말고는 도리가 없었다. 나는 스마트폰 주소록에서 미홍의 이름을 찾아 눌렀다.

내가 먼저 전화한 적이 없어서인지 미홍은 내 목소리를 바로 알아듣지 못했다. 극단 밝음에 합류할까 싶다. 나는 미홍에게 단도직입으로 말했다. 갑자기 무섭게 왜 그래. 연말 다가오니까 외로워서 그래? 미홍의 말에서 전해지는 긴장이 내 숨소리처럼 가깝게 느껴졌다. 연기해보려고 그러지. 내가 딕션은 좋았잖아. 미홍은 전화 저편에서 잠시 말이 없었다. 미묘하게 미홍이 나하고 안 맞는 지점이었다. 일단 와서 보고 결정해. 회관 로비의 불빛 아래 서서 나는 미홍이 불러준 주소를 길찾기 앱의 검색 칸에 적어 넣었다. 나 같은 길치가 찾아가기 애매

한 지점에 극단 사무실이 있었다. 실핏줄처럼 사방에 퍼져 있는 선은 사무실을 찾아 들어가야 하는 골목길일 것이다.

길찾기 앱이 일러준 정거장에서 내려 골목을 따라 들어갔다. 오십 미터쯤 걸어 들어가니 막다른 골목이 나왔다. 중간에 있는 옆길을 못 보고 지나친 듯했다. 돌아 나오다가 목재를 쌓아둔 곳에서 옆길로 접어들었다. 걸어갈수록 점점 길이 넓어지더니 조금 전 버스에서 내린 정거장이 나왔다. 다시 원래 골목으로 들어와 미홍에게 전화를 걸었다. 지금 있는 데가 어디냐고 미홍이 물었다. 간판이 붙은 가게도 없고 큰 건물도 없었다. 일반주택이랑 길냥이가 몇 마리 눈에 띈다고 말했다. 이 동네는 다 주택이고 길냥이들 천지야. 미홍이 키들키들 웃었다. 극단 사무실이 어떨지 안 봐도 알 것 같았다. 대체 무슨 일인데 그래? 미홍이 웃음을 그치고 물었다. 요즘은 극단 운영도 전문마케팅이 필요하다며? 내가 마케팅을 맡아서 극단연습실도 만들고, 조명실도 만들고 제대로 키워보려고 그런다. 그러니 날 붙잡으란 말이다. 이 말은 지원금에 목매고 삼시세끼 해결하기도 힘들다는 극단 밖음의 사무실을 본 뒤에 할 작정이었다. 내게는 여배우1이나 행인2가 되어 더듬거렸던 무대를 벗어나서 틀어박힐 수 있는 조명실이 필요했다. 밤공기가 사뭇 차가워지면서 온몸이 떨려왔다. 나는 닥닥닥 이를 부딪치면서 길냥이가 올라앉아 있는 담벼락을 지나 골목을 돌아 나갔다.

각다귀들

책상과 의자와 회의용 탁자세트를 다 합한 가격이 30만 원이었다. 구입 가격의 10분의 1도 안 되는 똥값이었다. 똥값으로 건진 가구를 수거하러 챙모자와 늙수그레한 아저씨가 왔다. 챙모자가 책상을 탁탁 두들기고 의자 바퀴를 이리저리 굴려보더니 늙수그레에게 고개를 끄덕였다. 두 사람은 파티션부터 해체하기 시작했다. 컴퓨터와 모니터는 작년에 회사를 그만둔 재호한테 부탁해서 좀 낫게 처분했다.

"실장님, 일찍 나오셨네요."

영숙이 용달차 기사에게 확인전화를 하고 있는데 사

장이 들어서며 인사했다. 영숙은 휴대폰을 손으로 막고 물었다.

"박스는요?"

"아, 깜박했네요. 근처 편의점에 가서 필요한 만큼 사 오세요."

영숙은 가방을 열고 출근길 마트에 들러 사 온 대짜 비닐봉지를 꺼냈다. 짜증이 올라오는 것을 지그시 눌렀다. 사장은 밀린 임대료를 정산하고 오겠다며 돌아나갔다. 영숙은 비닐봉지를 펼쳐 들고 저쪽 사무실로 가져갈 것들을 담았다. 자잘한 것들을 담아서 한쪽에 놓아둔 뒤, 책과 서류를 한곳에 모았다. 무거운 책을 포개 들고 허리를 숙였다 폈다 하다 보니 땀이 줄줄 흘러내렸다. 오월 말 날씨가 한여름 수준이었다.

"이거 내가면 마지막입니다. 우리 경리 아가씨가 30만 원 입금했다니까 확인해 보시고요."

챙모자가 소리를 지르고는 책상과 사물함을 포개 얹은 운반차를 밀고 나갔다. 영숙은 사무실 바닥에 흩어진 멀티탭과 공유기를 주워 봉지에 따로 담았다. 영숙 혼자 허겁지겁 일을 다 끝내고 나자 사장이 들어왔다. 옥상에 올라가 시간을 보냈는지 담배 냄새가 났다.

용달차에 컴퓨터와 책과 사무용품 따위를 실어서 먼저 보내고 영숙은 사장이 부른 택시에 올라탔다. 앞좌석에 앉은 사장은 입을 다문 채 조용했다. 하긴, 사무실 임대료를 감당 못 해 친구 사무실에 더부살이하러 가는 길이니 죽을 맛이겠지. 원래 계획대로라면, 지금쯤 미래형녹색교실에 배정된 교육부 예산으로 전국 곳곳에 교실공사가 이뤄지고 있어야 했다. 타이밍이 너무나 나빴다.

지난 몇 달간 사장은 최 국장 전화를 기다리는 게 일이었다. 최 국장은 통화할 때마다 기다려보자는 말만 되풀이했다. 정권이 바뀌면서 미래형녹색교실 사업을 담당해야 할 부서가 오리무중으로 떠버렸다. 담당 사무관이 누군지도 알 수 없었다. 질질 끌던 교육부 장관 임명이 이뤄지고 난 뒤에도 교육부와 미래창조과학부의 조직이 엉키면서 실장, 국장, 사무관으로 이어지는 담당자들 자리가 공석이었다.

"청와대 협조문서 한 장이면 끝나는 건데……."

교육부 조직도를 들여다보고 있는 사장이 말을 걸어

올까 봐 영숙은 파티션 밑으로 고개를 숙였다. 사장 말대로 정권만 바뀌지 않았으면, 청와대 수석비서관급이었던 K가 협조문서를 내려보냈을 것이다. 그랬다면 미래형녹색교실 사업은 예정대로 진행됐을 것이고, 거기 들어갈 콘텐츠 입찰을 따냈을 것이고, 영숙은 몇 달째 밀린 급여는 물론이고 어마어마한 상여금까지 챙길 수 있었을 것이다.

눈앞에 배달전문점 메뉴가 나타났다. 영숙은 얼굴을 찌푸린 채 사장을 돌아봤다.

"오늘도 야근해요? 할 일도 없는데."

"없긴요. 입찰이 언제 떨어질지 모르는데 완성본을 만들어놔야죠. 교학사 같은 데선 이런 거 일주일 만에도 만들어요. 잘못하면 지금까지 해온 거 말짱 도루묵 되는 거라고요."

말도 안 되는 소리였지만, 영숙은 전화를 걸어 비빔밥과 된장찌개를 주문했다. 밀린 급여와 상여금을 받으려면 시키는 대로 하는 수밖에 없었다. 현직에서 밀려났다고는 해도 K가 사장의 배후에 있었다. 사장은 누구를 만나든 사업의 출발과 기반이 K라는 거물임을 노골적으로 드러냈다. 영숙이 회사 사무실을 처음 방문했을 때도 K를 가리키는 '수석님'을 중간중간 넣어가며 말했다.

"정영숙 씨가 메일로 보내준 원고, 훌륭했어요. 정영숙 씨 같은 분을 저희 회사에 꼭 모시고 싶어요."

장황한 사업설명 끝에 사장이 느닷없이 입사제의를 했다. 영숙은 그린체험활동 원고를 완성해서 재호에게 보냈고, 재호가 다른 원고 맡길 게 있다면서 와보라기에 잠시 들른 거였다.

"저는 그냥 프리랜서로 일하는 편이……."

영숙은 사장이 마음에 들지 않았다. 말이 장황하게 많은 건 그렇다 쳐도, 수석님이니 청와대니 들먹이는 게 뭔가 떴다방 냄새가 났다. 남자치고는 유난히 하얀 얼굴이며 아래쪽 사방 흰자위가 드러나는 고양이 눈도 거슬렸다.

"약소하지만 연봉 삼천육백부터 시작하죠."

연봉 삼천육백이면, 얼마 전에 그만둔 메디컬신문보다 1400만 원이 많았다. 예전에 영어고액 강사로 수십억을 번 사람이야. 능력도 있고 인맥도 좋아. 그린체험활동 원고를 맡길 때 재호가 자기 회사 사장에 대해 했던 말이 떴다방을 밀어냈다.

다음 날 출근해서 보니 사장 연배로 보이는 오십 대 초반의 남자 세 명이 책상을 하나씩 차지하고 있었다. 세 명 다 직함이 영업부 상무였다. 사장과 세 명의 상무에게 인사를 하고 책상으로 와서 앉자 맞은편 자리에 앉아 있던 재호가 카톡을 보냈다. 좀 있으면 다들 외근 나갈 거야. 협찬금 땡기러 다니는 게 일이지.

"사업이 되려면, 일단 수익구조가 좋아야죠."

90년대 입시시장에서 영어강사로 이름을 떨쳤다던 사장은 영숙이 지나가는 말로 물은 것도 상세한 설명을 조곤조곤 곁들였다.

"제가 이 프로그램 구상할 때 제일 신경 쓴 게 수익구조잖아요. 첫째, 학생들은 그린체험활동을 하면서 친환경에 대한 지식과 녹색성장의 가치를 익힐 수 있겠죠? 둘째, 기업은 어떨까요. 기업은 기업이미지 제고로 청소년층을 잠재고객으로 확보할 수 있어요. 청소년은 무료로 유익한 활동을 할 수 있어 좋고, 기업은 비용 대비 높은 홍보효과를 거둘 수 있어 좋고. 좋은 수익구조란 바로 이런 거죠."

영숙이 입사할 당시 사무실은 의기충천한 분위기였다. 그러나 재호와 영숙이 그린체험활동 프로그램 영상을 만들고 교재용 책자를 만드는 동안, 영업 상무들은 단 한 건의 협찬도 받아 오지 못했다. 속이 타는지 사장은 영숙과 재호를 따로 불러 치킨과 맥주를 샀다. 셋이서 몰려다니는데 기업체 홍보실장 하나 구워삶지 못해요. 이러니 일이 되겠어요. 사장의 눈 밖에 날 만도 한게, 영업 상무들은 무려 넉 달간 월급과 활동비만 축내고 있었다.

"그만 접읍시다."

상무들이 협찬 영업을 나갔다가 깨지고 나면 사무실 전 직원이 우르르 몰려가는 식당에서 사장이 말했다. 그냥 해보는 소리가 아니라는 것을 느꼈는지 상무들은 조용했다. 재호와 영숙이 만드는 프로그램이 메리트가 없다는 핑계를 대지도 않았고, 사기 치러 온 사람 취급을 하던 기업 홍보실 담당자를 안주 삼아 울분을 토하지도 않았다. 앞으로 더 열심히 하겠다며 소주를 입에 털어 넣는 것으로 사장에게 예의를 차리던 상무들은 어딘지 뻔뻔한 표정으로 눈을 굴리고 있었다.

이튿날 상무들 가운데 한 명이 출근시간이 돼도 나타나지 않았다. 사장은 자기 자리에 앉아 노트북만 들여다보고 있었다. 며칠 뒤 또 한 명의 상무가 빠져나갔다. 상무들이 한 명도 출근하지 않게 된 7월 말, 사장은 재호와 영숙을 회의탁자로 불렀다. '미래형녹색교실'이라고 제목을 뽑은 페이퍼가 탁자에 놓여 있었다. 사장이 페이퍼를 읽어보라고 했다. '저탄소 친환경생활 교육을 위한 고등학교 창의인성 프로그램'이라는 부제가 붙은 사업의 개요가 세 장짜리 페이퍼에 담겨 있었다.

"이건, 100퍼센트 됩니다. K 수석님이 이걸 보더니 감탄을 하더라고요."

사장이 떨리는 목소리로 말했다.

"수석님이 청와대 들어간 게 신문사 있을 때 쓴 녹색에너지 기사 때문이었잖아요. 오죽하면 언론에서 녹색성장 통으로 불렀겠어요. 술이 좀 됐을 때 제가 이걸 슬쩍 꺼내서 보여드렸더니 뭐랬는 줄 알아요?"

사장이 탁자 위의 페이퍼를 집어 들고 눈에 힘을 주었다.

"학생들한테 이런 교육프로그램이 필요하긴 해. 그러

더라고요. 이 말뜻이 뭐겠어요. 한번 진행해 보라는 거잖아요."

K의 말을 전한 사장은 탁자에 가까이 붙어 앉으며 자세를 낮추었다. 영숙과 재호도 탁자 가까이 몸을 기울였다.

"교과부에서 미래형녹색교실 연구용역서 발주를 받아내는 게 첫 번째 미션이에요. 물론 그 전에 발주를 내도록 발주제안서를 작성해서 보내야 되고요. 발주받으면, 우리가 만들 콘텐츠에 맞게 수업모델을 짜서 연구용역서에 넣는 겁니다."

"콘텐츠요?"

영숙이 소곤거리며 물었다.

"미래형녹색교실에서 사용할 교자재 말입니다. 미래형이니까 컴퓨터와 스마트패드 같은 게 들어가야죠. 연구용역서가 통과되고, 사업이 시행되면 콘텐츠 입찰에 들어갈 거 아닙니까. 연구용역서 작성하면서 콘텐츠도 미리 준비를 해야죠."

그러니까 용역연구서는 미끼고, 컴퓨터와 스마트패드를 활용한 콘텐츠 입찰을 따내는 것이 이 사업의 목표였다. 사장은 의미심장한 눈으로 영숙과 재호를 보았다.

“미래형녹색교실 대상학교로 100개교 정도가 선정된다 치고, 거기 들어가는 콘텐츠 입찰을 우리가 따게 되면……, 한 학교당 교실 구축하고 교구재 갖추는 데 들어가는 돈이 1억 정도가 될 겁니다. 거기서 20퍼센트 정도는 수익을 낼 수 있어요. 100개교는 최소로 잡은 거고, 삼사백 개교가 선정될 수도 있어요. 그러면 얼맙니까. 계산을 해보세요.”

영숙은 저도 모르게 침을 삼켰다.

“지금부터 두 분은 연구용역 제안서를 만드세요.”

“제안서 하나 낸다고, 연구용역서 발주를 할까요? 교과부에서?”

영숙이 다시 물었다. 재호는 두 손을 두두룩한 배에 얹고서 조는 듯 마는 듯 앉아 있었다. 물어주기를 기다렸다는 듯 사장이 손가락을 튕겼다.

“제안서 검토해서 발주를 낼 수 있는 자리에 앉아 있는 사람이 누군지 알아요? K가 녹색성장위원회에 꽂아준 최 국장하고 형 동생 하는 사람입니다. K가 한마디 하면 최 국장이 그 사람하고 얘기를 할 겁니다. 연구용역 발주만 되면 게임 끝나는 거고요."

"용역발주가 됐다 치고, 나중에 콘텐츠 입찰할 때도 K가 관여해줄까요?"

영숙은, 초를 치는 느낌이 들지 않도록 조심스레 물었다. 기업의 사회공헌자금이나 정부의 재정지원에 기대는 사업에서 마지막 결정을 좌우하는 건 결국 누군가의 입김이었다.

"그럼요. 제가 왜 K를 만났겠어요. K하고 최 국장한테 순이익금 20퍼센트씩 드리겠다고 벌써 약속해놨습니다."

사장이 뻐기듯이 말했다.

"신문사에 있던 K가 청와대 팀으로 합류해 들어갈 때 축하자리를 마련해준 게 접니다. 술값만 삼백 넘게 들었어요. K가 신문사 있을 때 와이프랑 애 둘 데리고 미국여행 했잖아요. 그거 항공권하고 호텔 체류비, 전부 제가 대줬어요. 되게 고마워하더라고요."

미래형녹색교실 사업은 영숙이 보기에도 그럴싸했다. 국가정책 사업인 녹색성장을 고등학교 창의인성 프로그램으로 넣는다는 아이디어 자체가 괜찮아 보였다. 상식적으로도 기업 돈 뜯어내는 것보다는 정부 돈 뜯어내는 게 수월할 것 같았다. 4대강이니 뭐니 어차피 탕진해버릴 돈인데 기회 되고 능력 되면 안 할 이유가 없었다.

영숙과 재호는 사장의 기획에 고무되어 8월 한 달간 매일 열 시까지 야근을 하며 제안서를 작성했다. 제안서의 내용 작성은 영숙이 맡았고, 재호는 영숙이 넘겨준 내용을 바탕으로 애니메이션 효과를 넣고 인포그래픽을 삽입해 파워포인트 문서를 만들었다.

"야, 좋은데요. 이거 삼성연구소에서 만든 거라 해도 믿겠어요."

사장은 완성된 제안서를 보고 칭찬을 쏟아냈다. 제안서는 녹색성장위원회의 최 국장을 통해 교과부로 들어갔다. 최 국장은 K가 자기 대신 일을 봐줄 거라며 사장에게 소개해준 사람이었다. K의 입김이 작용했는지, 아니면 최 국장이 교과부를 부지런히 드나든 덕분인지 한 달을 기다린 끝에 기다리던 전화를 받았다. 그때가 작년 9월 말이었다.

"됐습니다. 됐습니다!"

최 국장과 통화를 끝낸 사장이 두 팔을 번쩍 치켜들었

다. 삼천 만 원 규모는 될 연구용역을 급하게 밀어붙이느라 단돈 천만 원에 받은 건데 사장은 개의치 않았다. 천만 원짜리 연구용역은 몇 달 뒤 콘텐츠 입찰로 벌어들일 수익금의 씨앗일 뿐이었다.

"사업이란 게 이런 겁니다. 이게 사업의 매력이라고요."

그날 저녁 사장과 재호, 영숙은 꽃등심을 앞에 놓고 소주잔을 부딪쳤다.

"신기루처럼 스쳐 갈 아이디어가 싹을 틔우고, 그 싹에 물을 주고 정성껏 보살피면 꽃을 피우고 열매를 맺어요. 내 머릿속에서 돌아다니던 씨앗이 땅을 뚫고 나와 커가는 것을 보게 되는 겁니다. 사업가는 이 맛에 살죠!"

술집에 들어온 뒤로 사장은 줄곧 영숙을 보며 말을 했다. 사장 이야기에 고개를 끄덕이며 고기를 굽고 있는 재호 쪽으로는 눈길을 주지 않았다.

이튿날 사장은 출근하자마자 영숙을 불렀다.

"재호를 정리해야 할 거 같습니다."

영숙은 사장을 멍하니 보았다. 재호는 출근 전이었다.

"용역연구 진행하면서 콘텐츠 작업도 같이해야 하는데, 아시겠지만, 회사 사정상 두 사람 다 월급 주기가 빠듯해요. 지각을 밥 먹듯이 하는 것도 그렇고…….”

재호의 지각은 밥 먹듯이 하는 야근 덕분에 묵인된 사안이었다. 어차피 콘텐츠 제작을 하려면 외주업체를 써야 하고, 거기서 재호가 해오던 파워포인트나 영상작업을 해결할 수 있다는 속셈이 너무 빤히 보였다.

“나보고 회사 때려치우라고?”

사장은 재호에게 권고퇴직을 알리는 일을 영숙에게 맡기고 사무실을 나가고 없었다. 불편한 상황을 피하거나 결정적 순간에 사라지는 게 사장의 특기였다.

“두 사람 월급 줄 형편이 안 되나 봐. 네가 굳이 있겠다면, 이번 달 월급 받고 내가 그만둘 수도 있어. 나도 별로 여기…….”

“시발, 됐어!”

재호가 벌떡 일어서서 외장하드를 뽑아 가방에 챙겨 넣었다.

“야, 어디가. 사장하고 얘기는 해봐야지.”

“됐고. 이번 달 월급 오늘까지 계산해서 넣어달라고 해.”

재호는 서류더미 밑에 깔린 폰을 집어 들고 사무실을

나갔다. 기분이 착잡했고, 더러웠다. 메디컬신문을 그만둔 영숙에게 재호가 원고작업을 맡겼고, 그 바람에 입사를 해서 재호에게 해직통보를 전한 꼴이었다. 영숙은 재호의 책상 앞에 잠시 서 있다가 땀과 손때로 얼룩진 키보드의 비닐덮개를 집어 쓰레기통에 버렸다.

재호가 나가고, 영숙은 실장으로 자동 승급이 됐다. 말이 실장이지 아침에 쓰레기통을 비우고, 전화를 받고, 점심 먹은 영수증을 챙기고, 정수기 물통을 가는 일까지 다 영숙의 몫이었다. 연구용역 작업과 콘텐츠 외주제작 관리를 영숙에게 떠맡긴 사장은 최 국장과 통화하고, 가끔 K와 최 국장에게 식사접대를 하러 간다며 나갔다가 들어오는 게 일이었다. 사무실에서 일인 다역을 하느라 영숙의 체력이 고갈돼가던 무렵, 사장이 상여금 얘기를 꺼냈다. 학교에 콘텐츠가 들어가게 되면 영숙한테도 순이익금의 10퍼센트를 주겠다고 했다. 그게 11월이었는데, 그달부터 통장에 급여가 찍히지 않았다.

한 학교당 순수익을 이천만 원으로 잡고, 그 10퍼센트인 200만 원의 100배가 되는 상여금 액수를 생각하면 입꼬리가 절로 올라갔다. 그런데 지금 당장 필요한 건 원룸 월세 낼 돈이었다.

"조금만 더 기다리면 됩니다. 조만간 사업이 실행된다니까요. 좀 전에도 최 국장하고 통화를 했어요."

영숙이 밀린 급여 명세서를 프린트해서 내밀자 사장이 짜증을 냈다.

"콘텐츠 입찰되고 나면, 카타르에 갈 겁니다. 실장님은 카타르 기획에 참여할 인력이나 좀 알아보세요."

갑자기 웬 카타르. 영숙도 눈길에 짜증을 실어 사장을 쳐다봤다.

"카타르 왕족을 만나야죠! 작년 카타르 정상회담 할 때, K가 수행원으로 동행했잖아요. 왕족들 참가한 리셉션에서 개인적으로 친분도 맺었고요. 그게 무슨 뜻인지 모르겠어요?"

모르긴 뭘 몰라. 입사한 뒤로 죽 봐온 게 그건데.

사장의 사업패턴은 딱 한 가지. 각다귀처럼 K 주변을 돌면서 그의 행보에 주파수를 맞추고, 그의 권력에 빌붙는 방식으로 일을 도모하는 거였다.

"카타르 왕족이 가장 원하는 게 뭐겠어요?"

"저야 모르죠."

"왕권강화를 할 수 있는 콘텐츠죠. K가 연결해주면 설득하는 건 따 놓은 당상이에요."

사장의 말에 영숙은 한숨을 삼켰다. 일개 수행원에 불과한 K가 카타르 왕족과 친분을 맺었다손 치더라도, 그 대단한 친분을 몇 년째 빌빌거리는 고등학교 동창한테 던져줄 것 같지는 않았다.

"실장님도 생각을 좀 해보세요. 카타르 역사를 콘텐츠로 만들어서 전 세계 학습사이트에 무료로 공급하겠다! 이 학습사이트를 통해 카타르 왕족 중심의 역사와 문화를 전 세계 젊은 층에게 알리겠다! 그렇게 나오는데, 돈이 문제겠어요? 이건 됩니다. 감이 온다니까요."

감은, 미래형녹색교실 때도 왔고, 그 전에 했던 그린 체험활동 사업 때도 왔다. 입시 대형학원이 생기면서 고액강사로 잘나가던 시절이 끝나갈 무렵 벌였던 비디오 메일 사업 때도 감은 왔을 것이다. 연예인 음성을 데이터베이스로 관리하면서 메일을 받는 사람의 이름을 불러주는 방식으로 기업메일을 띄우는 사업에 사장은 영어강사로 벌어들인 돈 수십억을 쏟아 넣었다고 했다.

후배가 운영하는 학원에서 강사노릇을 하며 지내던 사장이 다시 한 번 사업에 도전하기로 마음먹은 건, K가 청와대에 합류하게 됐다는 소식을 들었을 때였다. 사장은 K가 힘을 실어주기 용이한 분야에서 사업 가닥을 잡았다. 그렇게 해서 나온 게 그린체험활동이었다.

청소년들한테 그린체험활동, 필요하지.

K의 반응에 사장은 비디오메일 사업에서 유일하게 건진 강남의 아파트를 은행담보로 잡히고 임대료 비싼 종로에 사무실을 얻었다.

야심차게 시작한 그린체험활동은 사장의 아파트담보 대출금을 바닥내면서 엎어졌다. 구원투수가 돼야 할 미래형녹색교실은 정권이 바뀌면서 교육부 서류함 속에 들어앉아 있었다. 벤처기업 인증을 받은 덕에 추가로 끌어온 대출금은 콘텐츠 작업을 맡긴 외주업체들 통장으로 거의 다 사라졌다. 영숙의 급여는 작년 11월 이후 끊어졌고, 사무실 임대료는 넉 달째 밀렸고, 아직 갚지 못한 업체 대금이 1억 가까이 됐다. 입찰만 되면 그까짓 것들이야 껌값일 테지만, 날마다 독촉에 시달려야 하는 영숙은 피곤하고 괴로웠다.

"입찰에서 돈 들어오면 카타르 기획건 바로 추진합니다. 카타르만 성공하면……."

카타르만 성공하면 어떻게 할 건지 떠벌리는 자신의 말을 사장 스스로도 믿고 있는 건지, 좀 전에 최 국장하고 통화를 하기는 했는지, 저런 식으로 쇼를 하면서 파국의 예감을 견디는 건 아닌지 영숙은 점점 더 불안하고 의심스러웠다.

질문자 님 경우 체당금을 신청하시는 것도 한 방법이 되겠습니다. 사업체가 도산하거나 사업자가 지불능력이 없다는 게 인정되면 근로복지공단에서 임금체불액 대신 체당금을 지급해 줍니다. 만일 사업주가 '며칠 후 돈이 들어오기로 했는데 거기서 들어오면 드릴게요~' 이런 멘트를 날리면 노무사를 찾으시는 게 진리입니다. '돈 들어오면 준다!' 이게 사업주들의 명언입니다. 제 연락처는……

노무사 카페에서 자신의 글에 달린 답글을 읽고 있는데 휴대폰이 부르르 떨었다.

-선배! 선배가 부탁하는 거니까 착수금도 안 받고 해 준 거잖아. 지금 라면 먹을 돈도 없어. 나, 이대로 굶어 죽을까?

영숙은 휴대폰을 귀에 댄 채 머리카락을 한 움큼 쥐고 천천히 잡아당겼다. 입찰까지 사업진행이 될지 안 될지 교육부 처분을 기다리는 것 못지않게 외주제작비 독촉 전화를 받는 일도 피가 마르는 일이었다.

-정영숙 실장님, 삽화비랑 표지 디자인비, 아직 안 들어왔는데요?

-영상 제작비 2500만 원 입금 부탁! 오늘까지 꼭!! 누리미디어 드림!!!

-앱북 디자인 중도금 언제 됩니까? 중도금 될 때까지 저희 작업 중단합니다.

영숙은 빚쟁이들이 전화나 문자를 씹는 심정을 십분 이해했다. 관리실에서 걸려오는 임대료 독촉전화부터 법인카드 미납금 전화, 생수 값, 프린터 토너비, 일반전화요금, 인터넷요금까지 온갖 독촉 전화를 막아내느라 영숙은 변명의 달인이 돼 가는데, 사장은 새침한 표정으로 노트북만 들여다보고 있었다. 영숙은 천불이 나서 사장이 던져놓은 담뱃갑을 들고 건물 옥상으로 뛰어 올라간 적도 있었다.

"이번 주 금요일에 사무실 옮길 겁니다. 의자 두 개, 컴퓨터 두 대만 가져갈 거니까 나머지는 다 처분해주세요."

노트북만 들여다보고 있던 사장이 느닷없이 이사준비를 시킨 게 지난 월요일이었다. 김 대표라고, 신촌 지하철역 근처에 사무실이 있는 친구가 있다고 했다. 신촌 지하철역 근처라면 원룸과 가까워 출퇴근하기는 편했다.

"최 국장님하고는 통화해보셨어요?"

택시가 신촌오거리를 지날 때 영숙이 앞좌석에 앉은 사장에게 물었다. 사장은 등받이에 머리를 기댄 채 묵묵부답이었다.

"오늘도 전화 연결이 안 돼요?"

"오전 중에는 회의도 많고 바빠서 통화하기 힘들어요."

사장이 고개를 돌리지 않고 퉁명스럽게 말했다. 뭘 잘했다고.

“아무리 바빠도 그렇죠. 이러다 사업 시작도 못 해보고 올해 다 가겠어요.”

벌써 5월 말이었다. K하고는 원래도 거의 만나지 못하는 처지였고, 중간 연결책이 돼 줬던 최 국장과도 연락이 뜸해지고 있었다. 두 사람 다 새 정권에서 몸을 사리느라 납작 엎드려 있는 눈치면 마땅히 사장이 나서서 입찰을 하게끔 일을 밀어붙여야 할 게 아닌가.

“그냥 우리가 직접 창의인성과에 전화를 해서 물어보는 게 어떨까요. 예산결정까지 난 사안인데 담당사무관이 어느 쪽으로든 움직여주지 않겠어요?”

“위에서 지시가 내려와야 움직이지, 사무관이 뭐가 답답해서 자기 다칠 일을 합니까. 공무원들이 어떤 사람들인지 알지도 못하면서…….”

그렇게 잘 알면서 최 국장 없이는 담당사무관 하나 만나지 못하냐고 쏘아붙이는 대신 영숙은 호흡을 골랐다. 아직은 모르는 일이었다. 교육부 인사가 끝나고, K와 최 국장이 새 정권 안에서 자리를 잡으면 입찰이 진행되는 게 불가능한 건 아니었다. 입찰이 진행되기만 하면 무려 2억이 굴러 들어올 게 아닌가.

고3 딸이 소논문인지 연구논문인지 쓰느라 학원도 빼먹고 학교 실험실에 붙어 있다는 김 대표 말에 사장이 흥분했다.

"니 딸, 선택 잘한 거야. 서울대는 경시대회 수상을 반영 안 한다고 못을 박았잖아. 텝스 성적도 기재 자체를 못하게 해놨으니 이제 연구논문밖에 길이 없어."

한때 입시 영어강사로 명성을 떨쳤던 사장의 말에 김 대표는 고개를 두어 번 끄덕였다. 워낙 무덤덤한 성격인지, 조금 전 용달차에서 내린 짐을 앞세우고 사무실에 들어갔을 때도 희미하게 웃는 것으로 인사를 대신했다. 점심이나 먹자며 일어서는 김 대표를 따라 세 사람은 구내식당에서 메밀국수를 먹고, 식당과 연결된 뜰에 나와 쉬는 중이었다. 사장이 김 대표에게 물었다.

"너도 몇 년간 중국에 나가 있었으니 주재원들 상황 잘 알겠네. 몇 년 전까지는 애들 고2, 고3 되면 한국으로 데려와서 대치동 특례학원에 집어넣었는데, 요즘은 어때?"

"요즘도 더러 그러지."

메밀국수 가락을 건져 올릴 때까지만 해도 시들하던 사장이 물 뿌린 채소처럼 싱싱하게 살아났다. 필시 연구논문에서 싹이 트고 잎이 나서 열매 맺는 장면까지 2배속으로 그려나가는 중일 것이다.

"내가 지금 막 좋은 아이디어가 생각났어. 이번 여름방학에 연구논문 아카데미를 여는 거야. 언론사 한 군데 끼고, 일단 외고 자사고 애들 상대로 아카데미를 개최하는 거지. 그리고 바로 이어서 특례입학 준비하는 애들 상대로 영어 연구논문 프로그램을 돌리는 거라."

김 대표가 팔을 들어 사장의 말을 끊었다.

"동완아, 내가 오후에 만날 사람이 있어서 먼저 일어나야겠다. 쉬다가 들어와."

김 대표가 자리를 뜨고 나자 사장은 바로 활기를 잃었다. 할 말이 궁색해진 사람처럼 영숙을 물끄러미 보다가 담배를 꺼내 들었다. 아이스커피를 홀짝거리며 앉아 있던 영숙은 짐 정리 핑계를 대고 일어날까 하다가 그냥 뭉개기로 했다. 주변 탁자에 앉아 있는 사람들이 만들어내는 소음이 마음을 편안하게 풀어주었다. 영숙은 뒤로 몸을 기댔다. 식당 뜰에 핀 꽃들이 그냥 일어서기 아까울 정도로 예뻤다. 꽃그늘 아래 감도는 향기와 얼굴을 쓰다듬고 가는 바람이 감질나게 좋았다. 뭘 그리 대단한 일을 한다고 이 좋은 봄날을 다 놓치고 살았나…… 졸음이 밀려들었다.

"정 실장님, 인생은 한방입니다!"

영숙은 뒤로 젖히고 있던 고개를 들었다. 사장이 화가 난 표정으로 영숙을 노려보고 있었다. 평소 쉰하나의 나이가 믿기지 않을 정도로 동안이라 여겼던 사장의 얼굴이 늙고 피곤하고 추해 보였다. 영숙은 남아 있던 아이스커피를 마시고 일어섰다. 봄날의 오후가 아깝긴 해도 사장의 헛소리에 긁히면서까지 앉아 있고 싶지 않았다.

오후 내내 김 대표는 사무실을 비웠고, 영숙은 공유기를 설치하고 컴퓨터와 프린터를 연결하면서 시간을 때웠다. 사장은 노트북에 코를 박고 '연구논문 아카데미'를 검색하느라 바빴다. 퇴근 무렵 영숙은 재호에게 카톡 문자를 보냈다.

-퇴근하고 이쪽으로 와. 사장이 할 얘기가 있대.

-왜? 교육부에서 무슨 연락이라도 왔나?

퇴사는 했어도 재호는 회사 돌아가는 사정을 웬만큼

알고 있었다. 컴퓨터나 프린터기에 이상이 생겼다 싶으면 영숙은 다른 직장에 다니고 있는 재호에게 전화를 걸었다. 속없는 재호는 털레털레 와서 수리를 해주고, 사장이 사주는 저녁을 먹고 가곤 했다.

-그건 아니고. 사장, 오늘 또 아이디어 하나 꽂혀서 난리다.

식당 뜰에서 올라온 사장은 재호한테 연락을 해놓으라고 했다. 푸짐한 저녁 한 끼 사는 것으로, 파워포인트를 재호에게 시킬 요량이었다.

영숙은 사무실을 정리한 뒤 열쇠를 경비실에 맡기고 거리로 나왔다. 먼저 나와서 횡단보도 앞에 서 있던 사장이 길을 건너 알라딘 중고점 옆에 있는 이자카야로 갔다. 김 대표하고 왔던 덴데 여기 괜찮아요. 어둑한 내부를 두리번거리는 영숙에게 사장이 말했다. 벽에 붙은 추천메뉴들은 대식가인 재호가 양껏 먹기는 부담스러운 가격이었다. 메뉴판을 보며 이것저것 주문하던 사장이 갑자기 폰을 감싸 쥐며 자리에서 일어섰다.

"네, 접니다, 최 국장님!"

통화할 데를 찾아 두리번거리던 사장이 동작을 멈췄다.

"네? 갑자기 그게 무슨?"

사장이 나지막하게 외쳤다. 전화 저편에서 뭐라고 떠드는 목소리가 약하게 들려왔다. 홉뜬 고양이 눈으로 정면을 응시한 채 사장은 움직이지 않았다. 사장 입에서 쥐어짜는 소리가 나왔다.

"아, 알지요. 안 그래도 녹조라떼니 뭐니 떠들어대서…… 그래도 그러시면……. 아시잖습니까, 저, 그동안 국장님한데 할 만큼 했습니다. 제가 국장님께 보내드린 그림만 해도 그게 얼마짜린데…… 아니오, 애써주신 거 압니다. 제가 왜 모르겠습니까!"

나지막하게 속삭이다가 울부짖듯 언성을 높였던 사장이 털썩 자리에 앉았다. 종업원이 모듬사시미와 타코와사비, 사케를 내려놓았다. 영숙은 무슨 일인지 사장에게 묻지 않았다. 사케 술병을 잡는 사장의 손이 벌벌 떨렸다.

"최 국장, 이 새끼가 덤터기 쓰고 싶지 않답니다. 한직에 있던 걸 꺼내서 녹색성장위원회에 꽂아준 게 누군데. K가 알면……."

사장은 술을 따라 한입에 털어 넣고, 다시 한 잔을 따라 마셨다. 세 번째 술을 따르기 전에 영숙의 잔에도 술을 따라놓았다. K가 알면, 어떻게 조처를 해줄 수 있는 건지, 사장은 뒷말을 잇지 않았다.

"K한테 전화를 해보세요. 그동안 할 만큼 하셨잖아요."

할 만큼 했고, 기다릴 만큼 기다렸으니 지금 당장 전화를 해보라고 영숙이 말했다. 사장은 넋 나간 표정이었다. K도 찔리는 게 있으니까 어떻게든 손을 써주겠죠. 되든 안 되든 한번 밀어붙여 보자니까요. 영숙의 닦달에도 사장은 밭은 숨만 쉬고 있었다. 상여금이 물 건너간 게 확실했다. 그럼 내 급여는? 불길한 예감으로 무거워지는 기분을 털어내며 짐짓 심상한 투로 말을 꺼내려는데 사장이 선수를 쳤다.

"실장님한테는 솔직히 말씀드릴게요. 저는 개인파산도 생각하고 있습니다."

그건 내 알바 아니고. 영숙은 속으로 욕을 내뱉으며 술잔을 집어 홀짝 마셨다. 사장과 직원으로서 둘이 마주 앉는 건 아마도 이게 마지막 자리가 될 거였다.

"한 달 전에 아파트를 내놨습니다. 집이 팔리기 전에

은행경매로 넘어가면 이도저도 안 되니까……. 애들 엄마 앞으로 명의이전을 해놨으니까, 집이 팔리면 실장님 급여만큼은 제가 책임지고 챙겨드릴게요."

돈 생기면 드릴게요, 라는 말이 명언은 명언인 듯했다. 명의이전을 해놓고 위장이혼이라도 하겠다는 속셈 같은데, 영숙이 보기에 세상이 그렇게 어수룩할 것 같지 않았다.

"지금 외주작업 맡긴 업체들, 악에 받쳐 있어요. 잘못하면 사장님 칼 맞아요."

손가락으로 이마를 툭툭 치던 사장이 고개를 들었다.

"얼마든지요. 얼마든지 찌르라고 해요. 제대로 못 찌르면, 내가 내 뱃속으로 칼끝을 콱 박아 넣을 겁니다. 저, 보험 다 들어놨어요. 제가 죽으면 우리 애들, 둘 다 대학 가고 유학도 갑니다."

사장은 빠르게 취해갔다.

"우리 엄마가 자살한 거 알아요? 제가 고3때 그랬어요. 아들이 고3인데…… 아버지가 사업하다 망했죠. 빚쟁이들 들이닥치고, 그때 우리 집이 성북동이었어요. 지금도 기억나는데, 가정부 누나가 보약을 달여서 나 마시게 하려고 오면, 그거 먹기 싫다고 이 방에서 저 방으로 도망치곤 했어요. 방이 많아서 찾지도 못할 정도로 큰 집이었어요. 돈 벌면 성북동에다 그런 집을 다시 지어야죠. 좋은 일도 할 겁니다. 복지재단 같은 데 후원도 하고요."

취기에 절어 주절거리는 사장 맞은편에 앉아, 영숙은 사케를 따라 마시고 안주를 집어 먹었다. 타코와사비를 우물거리다 삼키고, 사시미를 씹었다. 배가 찼다. 임금 체불을 둘러싼 지난한 소송 과정을 떠올리며, 영숙은 마지막으로 한 잔을 더 마시고 자리에서 일어섰다.

"저는 먼저 가보겠습니다."

사장이 개개풀린 눈으로 영숙을 올려다봤다. 흰자위가 많이 보이는 저런 눈을 관상학에서는 흉상이라던데…… 사장은 자살할 수도 있을 것 같다고 영숙은 생각했다. 사장이 죽어서 지불능력이 없다는 게 확실히 증명되면, 고용노동부에서 주는 체당금을 받기가 쉬울 것이다.

나야 나야 나야~ 매일매일 썩어가는 시궁창이야

나야 나야 나야~ 악취 풍기는 시궁창이야

영숙은 신촌공원으로 들어가 밴드와 멀리 떨어진 벤치 쪽으로 갔다. 나야 나야 나야 냐냐냐냐아아아아아 노래인지 발악인지 목에 힘줄이 터지지 않을까 싶게 질러대는 소리에 맞추어 카혼을 두드려대는 남자는 두툼한 몸피가 영판 재호였다. 영숙은 휴대폰을 꺼내 들고 재호에게 전화를 걸었다. 신호가 가는 소리를 여섯 번까지 세다가 전화를 끊었다.

"라이터 있어요?"

영숙이 옆 벤치에 앉은 남자애들에게 물었다. 둘 중 곱상하게 생긴 남자애가 엉덩이를 들고 일어나 라이터를 던졌다. 영숙은 사장 담뱃갑에서 뽑아온 담배에 불을 붙이고, 연기를 마셨다. 머릿속이 알싸해졌다. 2억이 담배연기처럼 머리 위를 맴돌다가 사라졌다. 징징대는 연주 속에서 영숙은 언뜻 벨소리를 들었다.

"왜 전화를 안 받아."

재호였다. 뭐라고 하는 것 같은데 주변이 시끄러워서 알아들을 수가 없었다.

"안 들려, 오늘 저녁 약속은 취소됐어. 내가 나중에 전화할게."

"아, 뭐야, 시발."

영숙은 전화를 끊고 매운 담배연기를 힘껏 빨아들였다. 영숙이 한 번도 본 적 없는 K는 사장의 사업에 관여하지 않았을 것이다. 사업시행으로 생길 수 있는 이익과 위험을 최 국장에게 떠넘기고 일찌감치 손을 뗐던 것이다. 사장은 스스로를 속였고, 영숙도 알고 있었다. 권력에 줄이 닿은 K가 사장의 줄이 돼주고 있을 거라고 믿고 싶었던 것이다. 자신의 뱃속에서 쿵쿵하게 썩은 냄새가 나는 것 같았다. 영숙은 벤치에서 일어섰다.

"아줌마, 라이터 주고 가야죠."

영숙은 발길을 돌려 남자애들 앞으로 갔다. 고맙다. 남자애가 라이터를 받아들며 콧방귀를 날렸다.

청게

덩어리 언니, 엄마가 병원 데려다준다고 빨리 나오래. 방문 밖에서 미니가 소리를 질렀다. 잠은, 아까부터 깨어 있었다. 나는 몸을 뒤집어 방바닥에 엎드렸다. 묵직한 몸이 배를 눌렀다. 잠시 그대로 있다가 팔과 다리를 번쩍 들어 버르적거렸다. 한번 그래 보고 싶었다. 팔꿈치와 무릎이 헐렁한 느낌이었다. 한바탕 버르적거리고 일어나 거울 앞으로 갔다. 오른쪽 목에 검푸른 멍이 보였다. 살이 쪄서 둥그스름한 어깻부들기에도 붉은 멍이 선명했다. 어제 차가 한 바퀴 돌 때 부딪친 자리였다.

어제 아침, 내가 오피스텔을 계약했다고 하자 지니는

집들이 선물을 사주겠다고 했다. 지니는 나를 끌고 집을 나섰다. 잠깐만 있어 봐, 아빠한테 차 키 얻어 올게. 지니가 길모퉁이에 있는 기장활어횟집으로 달려갔다. 카운터에 삼촌이 앉아 있는 게 보였다. 나는 머플러로 얼굴을 가리고 큰길로 내려갔다.

여기까지 오는 데 지니의 도움이 컸다. 전문대를 졸업하고 면접에서 자꾸 미끄러지는 내게 지니가 대학선배를 소개했다. 지니의 대학선배는 초짜인 내게 사보 일러스트와 인디자인 작업을 맡겨주었다. 일이 손에 익으면서 몇 군데 다른 출판사와도 연결이 됐다. 나는 누끼 따는 작업도 마다하지 않고 하루 열네 시간씩 일했다. 오피스텔 전세금을 마련하는 데 4년이 걸렸다.

내가 오피스텔 전세금을 모으는 동안 지니는 교사 임용고시를 준비했다. 지니는 한 달 전 임용고시에 최종합격을 했다. 그날 지니는 나를 붙잡고 펄쩍펄쩍 뛰다가 친구들을 만난다며 나갔다. 지니가 외출을 하고 혼자 남게 되자 마음이 심란했다. 일이 손에 잡히지 않았다. 마감이 급한 쇼핑몰 밑그림을 그리다 말고 태블릿 펜을 던져버렸다. 결국 나는 의자를 뒤로 물리고 일어섰다. 내

방이 부엌방이어서 문을 열면 바로 주방이었다. 방문 옆에 냉장고가 있었다. 냉장고에서 반찬통을 있는 대로 꺼냈다. 배가 고픈 건 아니었다. 어쩌면 고픈 것도 같았다. 주걱으로 밥통에 남은 밥을 양푼에 퍼 담았다. 나이 들면서 많이 나아졌는데, 마음이 불안할 때면 예전 버릇이 나왔다. 임용고시 축하선물로 사두었던 장지갑은 아직 내 책상서랍에 들어 있었다.

지니가 횟집 뒤편에서 차를 몰아 내려왔다. 나는 운전석에 앉은 지니를 보며 헤벌쭉 웃었다. 임용고시 합격 파티는 친구들과 했지만, 지니 곁에 앉는 사람은 나였다. 고장이 났는지 빽빽한 안전벨트를 당겨서 채우자 불룩한 뱃살이 눌려 숨쉬기가 불편했다. 매고 있는 시늉만 해. 지니가 차를 출발시키면서 말했다. 나는 벨트를 풀고 창을 내렸다. 지니가 라디오를 켰다.

이것 봐. 나는 휴대폰에 담아놓은 오피스텔 사진을 지니에게 내밀었다. 거실이 방처럼 분리돼 있어서 두 사람이 쓰기에 좋은 구조야. 방은 너 혼자 써. 난 거실에서 작업하고 잠도 소파에서 자면 돼. 음악소리가 시끄러워 나는 고함을 질러댔다. 지니가 웃음을 터트렸다.

지니가 웃으면서 차를 사차선 도로로 올리는데 바퀴가 바닥을 긁는 소리가 요란했다. 이거 왜 이래. 지니가 핸들을 오른쪽으로 꺾는 순간 쾅, 소리와 함께 차체가 튀었다. 빛줄기가 눈을 때렸고 앞이 캄캄해졌다. 클랙슨이 사방에서 울렸다. 이봐요. 누가 부르는 소리가 들렸다. 이봐요, 괜찮아요? 움직일 수 있겠어요? 누가 내 어깨를 흔들었다. 주변이 흐릿해 앞이 잘 보이지 않았다. 차가 부딪치면서 충격으로 문이 열렸던지, 내 몸이 차 밖으로 널브러지듯 나와 있었다. 나는 눈을 끔벅이며 정신을 수습했다. 부서진 공중전화 부스에 차 앞 범퍼가 들어가 있었다.

병원에서 치료를 받고 집으로 가자 마루에 앉아 있던 숙모가 달려왔다. 어디 안 다쳤냐? 의사는 뭐라던? 지니는 숙모에게 자동차 키를 넘겼다. 큰 사고 아냐. 차가 한쪽으로 좀 쏠렸어. 새침하게 말하고, 나를 쳐다보지도 않고, 지니는 제 방으로 들어갔다. 지니가 들어가고 딸깍, 문 잠그는 소리가 났다. 저럴 때 나는 서운했다. 저런 태도 때문에 내가 상처받는 것을 지니는 몰랐다.

내가 삼촌 집에 처음 왔을 때부터 그랬다. 지니는 스

케치북이며 데생연필 같은 것을 챙겨주며 곰살궂게 굴다가 기분이 틀어지면 쌩하고 돌아섰다. 지니가 쌩하고 돌아서면 나는 마치 그 자리에 없는 사람 같았다. 자신이 매정하게 굴고 있다는 것을 몰랐으므로, 내가 마음을 다치는 것을 몰랐으므로, 지니의 매정함은 무심함에 가까웠다. 그 무심함이 밉고, 부러웠다. 무심하다는 게 어떤 건지 나는 알고 있었다.

바다에 나갔다 오는 아버지의 배에는 몸통에서 떨어져 나온 청게의 발이 흩어져 있었다. 아버지가 갑판을 정리하고 그물을 거두어 내린 뒤에도 청게의 끊어진 발이 갑판 위에서 벌벌 움직였다. 그물망태기에서 용케 빠져나온 청게들은 벌벌 움직이는 발들을 타고 넘으며 뱃전으로 기어올랐다. 무심하다는 것은 그런 거였다.

저 독뫼 끄트머리하고 낙동강 하구가 이 마을 앞에서 바다하고 만난다. 그래서 여기를 독뫼마을이라고 안 하나. 이삿짐을 싣고 달리는 용달차에서 아버지가 말했다. 나는 아버지 무릎에 앉아 있었다. 저거는 수심신호대다. 자리를 잘못 찾아 꽂아놓은 신호등처럼 바다 한가운데

서 있는 기둥을 가리키며 아버지가 계속해서 말했다. 기둥 옆에 작대기들이 튀어나온 거 보이나? 저 작대기 개수로 물때를 짚는다. 야광페인트를 칠해놔서 밤에는 등대 역할도 한다. 아버지는 기분이 좋고 홀가분해 보였다. 옆에 앉은 엄마는 창밖으로 눈길을 둔 채 조용했다. 용달차에 탄 뒤로 엄마는 한마디도 하지 않았다. 낙동강 하구에 내리쬐는 땡볕으로 갯둑과 포구가 달궈진 여름 한낮이었다.

아버지는 기장 청강리에 식당을 차렸다가 망했다. 식당을 차린 지 얼마 안 돼 주변에 있던 노후아파트가 철거되면서 동네주민이 빠져나갔다. 군청 직원들은 점심을 구내식당에서 해결했고, 퇴근 후에는 자가용과 부산행 직행버스를 타고 사라졌다. 아버지는 식당을 정리하고, 청게를 대주던 아저씨한테서 배를 샀다. 청게잡이가 그렇게 좋으면 자기가 하지, 당신한테 배를 팔까. 엄마가 목소리를 높이면 아버지는 입을 다물었다.

나는 독뫼마을에서 아버지와 둘이 살았다. 엄마는 선착장에서 회와 소주를 팔다가 기장으로 돌아갔다. 아버지는 엄마가 오지 않을 거라고 했다. 나는 엄마가 장사를 하던 선착장에서 놀았다. 선착장에서 놀고 있으면 회와 소주를 파는 좌판 이모들이 멍게꼭다리를 손에 쥐여주었다. 나는 멍게꼭다리를 씹으며 공기받기를 하다가 선착장 끝으로 달려가곤 했다. 선착장에서는 수문과 배수 펌프장과 독뫼가 한눈에 보였다. 어부아저씨들이 내던진 전어와 웅어 새끼를 차지하려고 날아다니는 갈매기들도 보였다. 금빛 도는 주황 노을이 독뫼산 물그림자에 스며들 즈음, 마을의 배들이 돌아왔다.

아버지는 수심신호대에 붙은 작대기가 세 개가 되면 배를 타고 나가 그물을 던졌다. 작대기가 다섯 개쯤 보일 때 다시 배를 타고 나가 청게가 걸려든 그물을 끌어올렸다. 새벽 물때에 바다로 나가 그물을 던지던 아버지가 죽고, 몇 년째 소식을 끊었던 엄마가 집으로 왔다. 엄마는 장례를 치르고 수협 아저씨들을 만나면서 바쁘게 보냈다. 사흘 뒤 엄마는 나를 외할머니한테 맡기고 다시 떠났다.

나는 엄마가 사놓고 간 새 옷을 입고 새 운동화를 신고 외할머니와 함께 기차를 탔다. 내가 안고 있는 가방에는 엄마가 사준 24색 크레파스가 들어 있었다. 삼촌

집에 가면 시키는 대로 해라. 먹여주고 재워주고 학교도 보내줄 거다. 열차를 타고 오면서 외할머니는 열 번쯤 같은 말을 했다. 나는 심하게 멀미를 했고, 삼촌집 마당에 들어서자마자 토했다. 삼촌과 숙모, 내 또래 여자애 둘이 마루에 앉아 있었다. 나는 토사물을 내려다보며 비죽비죽 울었다. 울지 마. 울면 흉해. 두 여자 아이 가운데 머리를 길게 기른 아이가 말했다. 마당으로 내려온 아이가 연두색 손수건을 내밀었다. 나는 지니야. 나도 5학년이야. 나는 입가에 묻은 것을 닦고 울음을 그쳤다.

삼촌집으로 온 다음 날 숙모가 전학수속을 했다. 교무실에서 만난 선생님을 따라 5학년 7반 교실로 갔다. 교실 안에 지니는 보이지 않았다. 내가 인사를 하자 아이들이 경상도 억양을 흉내 냈다. 종례가 끝난 뒤 아이들이 나를 불렀다. 나는 아이들을 따라 운동장을 가로질러 갔다. 타라. 우리가 돌려줄게. 원판 가장자리를 따라 쇠막대를 드문드문 박아놓은 뺑뺑이 앞에서 아이들이 내게 말했다. 타고 싶지 않았다. 웃는 표정들이 수상했다. 어서 타라니까. 아이들 중 하나가 소리를 질렀다. 원판에 올라서자 아이들이 쇠막대를 나눠 잡고 돌리기 시작했다. 금세 속도가 붙었다. 어지러웠다. 멀미가 났다. 내 몸이 쇠막대 사이로 튀어나가 담장에 패대기쳐지는 모습이 눈앞을 스쳤다. 나는 비명을 질렀다. 그만해! 비명을 지르다 왼손을 놓쳤다. 동시에 왼발이 미끄러지면서 몸이 붕 떴다. 시소와 늑목과 철봉과 장미넝쿨이 휙휙 지나가더니 시커먼 벽이 눈앞을 덮쳤다.

죽었나 살았나.

아이들이 둘러서서 나를 내려다보고 있었다. 피도 안 나는데 엄살 떨지 마. 누군가 겁먹은 소리로 말했다. 나는 땅바닥에 누운 채 꼼짝하지 않았다.

일어나.

땅바닥에 누운 채 아버지의 목소리를 들었다. 아버지는 죽었는데……. 꿈인가. 아닌데. 분명 아버지 목소린데, 생각하며 눈을 떴다. 나는 방파제에 누워 있었다. 얼른 일어나거라. 그러다 청게한테 물린다. 아버지가 말했다. 청게는 여기 들어 있는데 내가 와 물리노. 나는 그물망태기를 발로 차는 시늉을 했다. 어디 보자. 아버지가 손질하던 그물을 놓고 소주잔을 기울이는 아저씨들한테 가서 당근을 얻어왔다. 봐라. 아버지가 그물망태기를 툭툭 건드렸다. 어, 하는 사이, 그물망태기 새로 집게발이 나와서 당근 끄트머리를 싹둑 잘랐다. 나는 움찔 손가락을 오므렸다. 니 아나. 아버지가 물었다. 뭐를? 나는 아버지가 구멍 난 그물을 손질하면서 들려주는 이야기를 좋아했다. 청게가 니같이 쪼맨한 아이를 붙잡으면 바다로 끌고 가는 거. 나는 벌떡 일어나 책상다리를 하고 앉았다. 말도 안 된다. 내 말을 못들은 척 무연히 바다를 바라보던 아버지가 말했다. 청게가 깊은 바다로 가는 길인데, 만약에 니가 청게한테 붙잡히면 어떻게 되겠노. 나는 입을 벌린 채 아버지를 쳐다보았다. 해를 등지고 선 채 아버지는 그늘 같은 주름을 접으며 웃었다. 오늘은 바람이 없어서 청게가 바다로 내려가지는 않겠다. 아버지가 중얼거렸다.

아버지는 그해 청게잡이 철이 끝날 무렵 죽었다. 그물코에 걸려 넘어지면서 뱃전에 머리를 부딪쳤고, 바다로 떨어졌다. 허참, 사람이 우째 어이없이 죽노. 아버지의 죽음을 놓고 동네 사람들이 혀를 찼다. 아버지처럼, 나도 운동장 땅바닥에 머리를 처박은 채 죽고 싶었다. 아니, 아버지처럼 나도 바다로 가고 싶었다. 아버지는 사실은 죽은 게 아니라 청게를 따라 바다로 갔다. 마을에서 어린 청게들을 방류하면 깊은 바다에서 자란 뒤에 낙동강 하구로 돌아온다고 아버지가 가르쳐주었다. 낙동강 하구에서 짝짓기를 하고, 개펄과 모랫바닥에서 살이 단단해진 청게들은 다시 수심신호대를 지나 바다로 돌아간다고 했다.

빵빵이판에서 떨어졌던 날 저녁, 피아노 레슨을 마치고 온 지니가 내 방으로 왔다. 다친 데가 어디야? 많이 아파? 잠깐만 있어 봐. 지니가 도로 나가더니 약상자를 들고 왔다. 아프겠다. 지니는 살이 벗겨져 불긋불긋한 무릎을 보며 울상을 지었다. 오른쪽 뺨과 손목에도 피딱지가 앉아 있었다. 약을 적신 면봉을 갖다 대자 땅바닥에 쓸린 상처가 따가웠다. 길게 기른 머리를 귀 뒤로 야무지게 넘기고 입김을 호호 불던 지니가 나와 눈이 마주치자 생긋 웃었다. 하얗고 작은 송곳니가 드러났다. 나는 얼굴을 붉혔다. 지니가 두 팔을 벌려 내 어깨를 안았다. 네가 있어서 너무 좋아. 어디 가지 말고 우리집에서 같이 사는 거다. 지니의 입김에 귀가 간질간질했다. 나는 소리를 죽이고 웃었다.

지니는 아침부터 어디로 갔는지 보이지 않았다. 나는 숙모와 함께 병원에 갔다. 어제 갔던 병원이었다. 딱히 아픈 데는 없었다. 멀미를 할 때처럼 속이 메슥거렸고, 몸과 마음이 붕 떠서 뭔가 못 견디겠다는 느낌이었다. 의사는 목과 어깨, 등으로 번져 있는 멍을 꼼꼼히 살폈다. 멍이라는 게 피가 죽어서 그런 것인데 색이 노래지다가 없어질 것이라고, 다른 이상은 없다고 했다. 이상이 없다는 의사의 말에 숙모가 얼굴을 폈다.

지니는 밤이 다 되어 내 방으로 왔다. 병원에 같이 가줘야 되는데, 미안해. 나는 등을 돌려 누웠다. 미안해. 그동안 내가 임용 되려고 고생한 거 너도 알잖아. 어제 사고로 문제라도 생길까 봐 걱정돼서 한숨도 못 잤어. 나는 손가락을 구부려 이 사이에 물었다. 지그시 힘을 주자 손가락 끝에서부터 팔꿈치로 파닥파닥 통증이 올라왔다.

여기가 파랗다.

지니가 손바닥으로 내 어깨를 쓰다듬었다. 멍은 금방 없어지잖아. 며칠 있으면 표도 안 날걸. 지니한테서 술

냄새가 났다. 지니한테서 나는 술 냄새는 삼촌한테서 나는 술 냄새처럼 역하지 않았다. 지니가 하품을 하며 등 뒤에 누웠다. 파닥거리던 통증이 차차 가라앉았다. 나는 잇새에 물고 있던 손가락을 빼고 말했다. 다음 주에 오피스텔 잔금 치를 거야. 같이 가자. 올 때 거실에 들어갈 소파도 같이 봐야지. 지니가 내 어깨를 짚고 일어나 앉았다. 나, 내일 동유럽으로 여행 가. 임용 합격되면 배낭여행 가자고 친구랑 약속했거든. 너한테 말했는데 기억 안 나?

지니는 그런 말을 한 적이 없었다. 우리 둘이서 여행을 가자고 한 적은 있었다. 오래전이었다. 지니는 세계 여행이 꿈이라고 했다. 공부하다가 졸리면 내 방으로 쫓아와서 베르사유 궁전과 오로라와 갠지스 강과 마추픽추에 대해 인터넷에서 긁어온 내용으로 수다를 떨었다. 나중에 우리 같이 살면서 세계 여러 나라를 다 가보자. 둘이서만 살면 되게 재밌을 거야. 지니의 말에 나는 벌쭉 웃었다. 나는 지니에게 어리숙하고 천진하게 보이는 데 온 에너지를 썼다. 우리 순둥이. 지니가 나를 껴안았다. 지니가 나를 안고 있으면 부끄럽고, 슬프고, 외롭고,

고마웠다.

고등학교에 들어간 뒤로는 종종 소공원을 갔다 오곤 했다. 골목에서 오른쪽으로 비탈길을 10분쯤 걸어 오르면 운동기구가 놓인 소공원이 있었다. 우리는 냉장고에서 꺼내 온 캔맥주와 새우깡을 놓고 벤치에 앉아 마을을 내려다보았다. 마을은 오징어 배들이 불 밝힌 밤바다 같았다. 불빛이 어두워지는 마을 저편으로 홍제천이 흘렀다.

저건 수심신호대 같다. 수심신호대는 바다에 서 있는 기둥인데 수심도 알려주고 등대 역할도 해. 나는 마을 한가운데 솟은 교회 탑을 가리키며 말했다. 서울에서는 바다 보려면 인천이나 강릉까지 가야 돼. 우리 외갓집이 강릉에 있잖아. 알지? 지니가 말했다. 그럼, 알지. 강릉인 거. 방학 때마다 거기 가잖아. 숙모랑 미니랑 같이. 나는 소리를 내어 말하지는 않았다. 탓하는 것처럼 들릴까 봐서였다.

지니는 외갓집으로 가면 사나흘쯤 지나서 돌아왔다. 삼촌은 식당 때문에 같이 가지 않았다. 나는 혼자 집을 지켰다. 저녁 먹은 설거지를 끝내고 부엌과 마루에 불을 끄고 나면 그때부터 가슴이 콩닥콩닥 뛰었다. 대문 소리가 들릴 때마다 얼굴이 차가워지면서 몸이 빳빳해졌다. 악몽을 꿀까 봐 잠드는 게 무서웠다. 잠이 들려고 하면 차갑고 비린내를 풍기는 손이 들어왔다. 옆구리에, 가슴에, 다리에 꾸무럭거리는 손이 달라붙었다.

씨발, 싫다고! 비명이 튀어나오는 입을 내 손으로 틀어막았다. 닥닥닥 사정없이 떨리는 잇새에 손가락을 넣고 콱 깨물었다. 이빨이 파고드는 통증이 비명을 막았다. 악몽에 갇혀 죽는 것보다 비명을 질러 악몽을 현실로 만드는 것이 더 무서웠다. 내가 왜 손톱과 손마디를 물어뜯는지, 피멍이 들도록 손목을 꾹꾹 무는지 지니는 묻지 않았다. 지니는 아무것도 몰랐다. 아무것도 모른다는 것은 내 손목에 새겨진 피멍이 지니에게는 아무것도 아니기 때문이라는 생각도 꿀꺽 삼키면 그만이었다.

학년이 올라가면서 학원수업을 받느라 지친 지니는 식탁에서 거의 좀비 상태였다. 지니가 말을 걸지 않으면 아무도 내게 말을 걸지 않았다. 나는 고개를 숙이고 먹는 데 집중했다. 밥과 국을 먹고, 생선토막과 소시지와 김치를 먹고, 마늘장아찌 같은 밑반찬까지 긁어 먹었다.

말이 하고 싶을 때도 먹었고, 말이 하고 싶지 않을 때도 먹었다. 먹는 만큼 살이 쪘고, 살이 찌는 만큼 마음이 무뎌졌다. 삼촌은 먹을 걸 입안에 밀어 넣는 내 모습을 못 봐주겠는지 눈길을 돌렸다. 살 것 같았다. 나는 더 많이, 뭐든지 삼킬 수 있었다.

저러다 우리까지 먹어 치우겠다. 숙모의 농담에 지니와 미니가 웃음을 터트렸다. 나를 두고 던지는 농담에 지니가 웃을 때는 상처에 소금을 뿌린 듯 마음이 쓰렸다. 마음이 쓰릴 때마다 뱃속에 똬리를 튼 덩어리가 딴딴해졌다. 뱃속에서 딴딴하고 묵직해진 덩어리는 청게의 집게발처럼 날카로운 모서리로 나를 찔렀다.

지니와 함께 소공원 벤치에 앉아 서로의 꿈을 나눌 때 나는 청게 이야기를 하고 싶었다. 청게를 잡다가 바다로 내려간 아버지 이야기를 들려주고 싶었다. 아버지를 생각하면 뱃속에 뭉쳐져 있는 덩어리가 말랑해지는 느낌이 들었다. 우리 아버지는 청게를 따라간 거지. 어린 청게를 방류하면 바다로 내려가거든. 깊고 멀고 너른 심해 바다로 간대. 지니가 시큰둥하게 말했다. 청게가 어떻게 심해바다까지 내려가니. 헤엄을 치지도 못하는데. 내가 목소리를 높였다. 진짜야. 내가 봤어. 지니가 맥주캔을 비우고 벤치에서 일어섰다. 그만 일어나자. 가서 공부해야지. 지니가 내 팔을 잡아 일으켰다.

그때처럼, 나는 하고 싶은 말을 못했는데, 내 등 뒤에 누워 있던 지니가 일어나 앉았다. 다음엔 우리 둘이서 가자. 동유럽에도 가고 파리에도 가자. 그럼 되잖아. 지니가 내 볼살을 가볍게 잡았다가 놓았다. 내일 못 보고 갈지 몰라. 새벽 일찍 공항 가야 하거든.

나는 일어서는 지니의 손목을 붙잡았다. 아, 놀래라. 지니가 손목을 잡힌 채 어이없다는 듯 약간 신경질적으로 웃었다. 나는 지니의 손목을 잡은 채 몸을 일으켜 앉았다. 다음에 언제? 우리 둘이서 언제 동유럽에 가고 언제 파리에 가? 내 목에서 빽빽한 쇳소리가 흘러나왔다. 나는 지니에게 그런 식으로 따지듯 물은 적이 전에는 없었다. 따지듯 묻고 나자 분하고 서러운 어떤 감정이 물꼬를 튼 듯 솟구쳤다.

그런 표정 좀 짓지 마. 이거 놓고. 지니가 내 손가락을 하나하나 힘을 주어 풀었다. 몸통에서 떨어진 청게의 발처럼 손이 무릎 위로 떨어졌다. 올 때 선물 사 올게. 미술관 책자 같은 거 괜찮지? 나는 팔을 늘어뜨린 채 말했다. 그럼 이사는, 네가 여행에서 돌아오면 하자. 목소리가 잘 나오지 않았다. 쇳가루를 삼킨 듯 목이 갑갑했다. 지니가 나가고, 나는 거울 앞으로 가서 입을 벌렸다. 불빛의 각도에 맞춰 고개를 한쪽으로 꺾은 채 목구멍을 살폈다. 목젖 뒤로 퍼런 녹 같은 게 끼어 있었다.

•

보름쯤 지나자 온몸에 퍼런 멍이 번졌다. 의사는 골수검사니 뭐니 몇 가지 검사를 하고는 혈소판감소증이라는 진단을 내놓았다. 사소한 자극에도 멍이 새로 들 수 있으니 되도록 움직이지 말고, 햇볕에 나가는 것도 삼가라고 했다. 햇볕이 피부조직을 손상시켜 멍이 잘 없어지지도 않는다는 것이다. 다행히 내 경우 혈소판감소증이 바이러스에 감염돼서 생긴 것 같으니 휴식만 잘 취하면 차차 나아질 거라고 했다.

의사의 처방대로 나는 바깥출입을 삼가고 종일 방에서 누워 지냈다. 저 언니 보면 이상하게 기분 나빠. 오피스텔 구했다면서 왜 이사 안 가나 몰라. 방에 누워 있으면 주방에서 떠드는 소리가 들렸다. 식탁 치우는 소리가 나고, 숙모가 식반을 들고 왔다. 내가 식탁에서 자꾸 국을 엎고 그릇을 떨어트리자 숙모가 식반에 밥을 차려 갖다 주었다. 어째 멍이 없어지질 않냐. 차차 나아질 거라더니. 내가 몸을 일으키자 숙모가 등을 받쳐주었다.

나는 식반을 잡았다가 도로 밀쳐놓았다. 얼마 전부터 나는 눈앞에 먹을 것이 있어도 입에 집어넣고 싶은 충동을 느끼지 않았다. 입맛 없어도 먹어. 식당도 바쁜데 내가 떠먹여줘야겠니. 요즘 같아서는 손이 열이라도 모자란다. 나는 숙모의 말을 자르고 물었다. 지니는요? 아직 아무 연락이 없어요? 이미 수십 번쯤 나는 지니에 대해 물었다. 물으면서, 혹시 전화가 왔는데 나한테 알려주지 않는 건지 숙모의 표정을 살폈다. 올 때 되면 알아서 오겠지. 지니는 놔두고 네 몸이나 신경 써라. 숙모가 내 턱밑으로 식반을 밀어놓고 일어섰다.

나는 주의를 기울여 식반에 놓인 젓가락을 잡았다. 방안에서만 지내서 그런가, 갈수록 몸을 움직이는 게 부자연스러워졌다. 움직일 때마다 관절에서 덜거덕거리는 소리가 났고, 손과 발이 따로 놀았다. 팔다리와 손에 힘이 들어가지 않는 게 아니라 힘 조절이 안 됐다. 거기다 엄지손가락의 관절이 부어오르면서 쇠공처럼 두툼해지는 바람에 젓가락질 같은 섬세한 동작을 하는 데 애를 먹었다.

녹이 쓴 것처럼 온몸이 퍼레지고, 관절이 덜거덕거리는 것 말고도 내 몸에 일어난 변화는 또 있었다. 중학교에 들어가면서 살이 붙기 시작해 80킬로 밑으로 내려간 적이 없었던 몸에서 비곗살이 빠져나갔다. 세 겹 네 겹으로 접히던 뱃살과 함께 옆구리와 어깨에 시루떡처럼 얹혀 있던 살집이 사라졌다. 질긴 살가죽이 뼈를 감싸면서 팔다리와 등과 어깨가 막대아교처럼 딴딴해졌다. 뱃속에서 쿡쿡 쑤셔대던 덩어리가 물렁살을 뚫고 나와 전신을 덮어쓴 것 같았다.

살갗이 아교처럼 딴딴하고 끈끈해진 탓인지 날씨가 더워지면서 몸 구석구석이 가려웠다. 한 번 가렵기 시작하면 어깻죽지와 등이, 손목 발목이, 잇몸이 다 미치게 가렵고 근질근질했다. 엄지손가락이 두툼해지면서 집게발처럼 변한 팔을 반대쪽 겨드랑이 밑으로 넣으면 옆구리와 등의 절반을 긁을 수 있었다. 긁다 보면 딱딱한 피부에서 뭔가 오톨도톨한 것이 만져졌다. 돌기를 긁어낼

만큼 손가락에 힘을 주어 박박 긁어도 가려움이 사라지지 않았다. 근질거림은 살갗이 아니라 몸 안쪽에서 돋아나오는 것 같았다. 몸통 속의 근질거림끼리 부딪치게 하면 시원해질까 싶어 나는 발작하듯 몸을 꿈틀꿈틀 움직였다.

으으, 보기 흉해.

몸을 뒤집어가며 꿈틀거리는데 미니가 토하는 시늉을 했다. 좀 전까지 식탁에서 쩝쩝거리던 삼촌과 숙모, 미니가 문간에 서 있었다. 삼촌과 숙모는 질린 표정이었다. 숙모가 방문을 닫았다. 흉한가. 보기에. 내가. 말들이 두서없이 머릿속에서 흩어졌다. 끈적끈적한 땀이 목으로 흘러내렸다. 더운 숨을 내쉬면서도 나는 문을 열지 않았다. 갑갑해도 닫아놓는 게 마음이 편했다. 덜거덕거리는 소리를 내고 싶지 않아 방안에서도 움직이지 않았다. 종일 이부자리 위에 엎드려 있었다. 등이 딱딱해지면서 누워 있는 것보다 엎드려 있는 자세가 편했다.

온몸을 긁고 뒤집느라 잠을 설쳤음에도 불구하고 어느 날 아침 일어나니 몸이 가벼워진 느낌이 들었다. 가려운 데도 없고, 기분이 한결 상쾌했다. 관절이 제자리를 잡았는지 덜거덕거리는 소리도 나지 않았다. 나는 거울 앞으로 기어갔다. 벽에 기대어 둔 거울 속에서 청동색의 껍데기를 등에 진 청게가 쇠망치 같은 집게발로 자세를 잡고 있었다.

냄새가 나서 못 살겠다. 너도 우리 눈치 보느라 갇혀 지내는 것보다 혼자 문간방을 쓰는 게 편할 거다. 숙모가 마당에 서서 손부채질을 하며 말했다. 나는 마루에 엎드려 숙모의 말을 들었다. 마당에서 반사되는 여름햇살에 몹시 눈이 부셨다. 식당에서 갖고 온 밀차를 마루 밑에 대놓고 삼촌과 숙모가 양쪽에서 내 등껍데기를 붙잡았다. 청동색의 등껍데기는 며칠새 더 두껍고 더 단단해져 웬만한 충격에도 견딜 수 있을 것 같았다. 그러니 혼자 걸어가겠다고 했는데, 숙모가 밀차를 고집했다. 휘뚝휘뚝 걷다 자빠지면 뒷감당을 누가 하느냐고 짜증을 냈다.

굳이 밀차를 못 탈 것도 없어 다리를 마루 밑으로 하나씩 내렸다. 밀차에 집게발을 걸치고 올라서는 순간, 바퀴가 미끄러지면서 다른 쪽 집게발을 쳤다. 불에 덴

듯 화끈한 통증이 덮쳐왔다. 그 바람에 중심을 잡으려고 버르적거리던 몸이 앞으로 고꾸라지면서 밀차의 상판 귀퉁이에 가슴을 처박았다. 아이고, 괜찮으냐? 조심을 하지. 숙모가 우는 소리를 냈다. 나는 수선을 떨기 싫어 밀차에 얌전히 엎드렸다. 밀차가 부서지는 소리를 내며 마당을 가로질렀다.

비어 있던 문간방으로 옮겨온 뒤로 나는 좀 시무룩해지긴 했지만 더 슬프거나 비참하지는 않았다. 몸에 붙어 있던 비곗덩어리가 떨어져 나가면서 감정의 거품도 꺼졌는지 웬만해서는 분하거나 서운한 감정이 일지 않았다. 몸의 고통마저 사소하게 느껴졌다. 오른쪽 집게발이 목각인형의 다리처럼 흔들거리고, 밀차 귀퉁이에 다친 가슴에서 푸르스름한 진액이 흘러나왔지만 내버려두었다.

문간방에서 지낸 지 두어 달쯤 지났을 무렵, 지니의 목소리가 들렸다. 여닫이문을 열자 쌀쌀한 바람이 들어왔다. 마당 건너 집 안에서 지니와 숙모가 이야기를 나누고 있었다. 지니는 발령을 받았고, 원룸이나 오피스텔을 구해 따로 나가서 살고 싶어 했다. 말소리가 다 들리는 건 아닌데, 집 안에서 오가는 어떤 대화는 거의 감지할 수 있었다. 식당공사를 하는 바람에 여유가 없다는 숙모에게 지니는 내가 모아놓은 전세금을 들먹였다. 가서 말해 봐요. 나중에 은행이자보다 높게 쳐서 돌려준다고 하면 되잖아. 숙모가 지니에게 직접 가서 말하라고, 졸음에 겨운 목소리로 말했다. 내가 가면 또 들러붙을 거란 말이야. 나, 쟤 좀 그래. 스토커 같다니까. 지니의 목소리에는 배낭을 메고 먼 곳을 여행하고 온 피로의 냄새가 배어 있지 않았다.

나는 지니에 대해 예전처럼 오래 생각하지는 않았다. 가끔 지니가 마당을 건너와 쪽마루에 식반을 내려놓고 갔다. 나는 지니를 부르지 않았다. 지니 스스로 문을 열고 들어올 때까지 기다리기로 했다. 그때까지는 버틸 수 있을 것 같았다.

나는 하루 중 대부분을 귀퉁이가 떠들린 장판과 구석구석 죽어 있는 벌레들을 보며 엎드려 있거나 잠을 잤다. 몸을 뒤척이던 잠결에 흔들거리던 집게발이 떨어져 나갔다. 진액으로 짓무른 가슴께에서는 고름 냄새가 나고 구더기가 슬었다. 구더기는 살을 뚫고 몸속으로 파고

들었다. 종종 사지를 뒤틀리게 하는 이물감과 무슨 비애 같은 것이 뱃속을 관통했다. 통증으로 정신이 아득해질 때면 선박엔진이 돌아가는 것 같은 소리가 들렸다. 웽, 하는 소리의 진동이 방바닥과 벽을 타고 다리로, 배로, 가슴으로 전해졌다.

사람들 말소리, 웃음소리가 엔진소리에 섞여 날아들었다. 곰팡이로 얼룩진 벽이 물때가 바뀔 때의 바다처럼 일렁거렸다. 바다 위로 발갛게 해가 떠올랐다. 부신 눈을 찌푸리자 수심신호대를 지나가는 청게 떼가 보였다. 바다에서 자란 뒤 강 하구로 돌아와 개펄과 모랫바닥에서 살을 찌운 청게들이 다시 바다로 돌아가고 있는 거였다. 청게의 기억 속으로 어떤 사람이 들어섰다.

방파제에서 엉킨 그물을 풀고, 바다에서 걸려 나온 찌꺼기를 빼내던 남자, 저렇게 손질한 그물을 던지다 발이 걸린 남자가 있었지. 뱃전에 머리를 부딪치고 바다로 떨어진 남자는 청게 떼를 따라갔어. 청게 떼를 따라가는 남자를 떠올리자 마음이 붉고 서글퍼졌다. 어찌할 바를 모른 채 벽을 쳐다보다가 그쪽으로 몸을 옮겨갔다. 톱니 같은 게 솟아난 왼쪽 집게다리를 들어 아래쪽 벽을 쳤다. 틈이 벌어져 있던 아래쪽에 주먹만 한 구멍이 생겼다.

늦잠을 자고 일어나면 벽 아래쪽에 생긴 구멍으로 골목을 내다보며 오후를 보냈다. 여자애들 몇이 골목을 들락거렸다. 담배를 피우며 떠들던 여자애들이 몰려가고, 헌옷 수거함 뒤에서 작은 머리통이 삐져나왔다. 갈색 고양이였다. 쓰레기봉투를 노리고 살금살금 다가가는 고양이를 보자 꾸르륵 허기진 소리가 흘러나왔다. 파지를 모으는 늙은 여자는 매일 저녁 가로등이 들어오는 시간에 나타났다. 밤이 깊어지면 여자애들이 담배를 피우던 자리에 누군가 오줌을 누고 갔다. 술 냄새와 오줌 지린내가 벽의 구멍을 통해 새어 들어왔다. 취객들의 발걸음 소리가 지나가고, 깜박 잠이 들려 하는데 문이 열렸다.

삼촌이 옆구리를 더듬었다. 악몽 속에서 삼촌의 차갑고 비릿한 손이 달라붙었던 살가죽이 길게 벌어졌다. 목구멍에서 녹을 긁는 쇳소리가 흘러나왔다. 뭐라는 거냐. 엉, 뭐라는 거냐. 삼촌이 헐떡였다. 눈과 귀와 입으로 비린내를 흘려 넣으며 삼촌의 몸이 반쯤 들어왔을 때 길게 벌어졌던 상처가 꽃봉오리처럼 오므라졌다. 아교풀처럼 끈끈한 살가죽이 오므라들면서 삼촌을 눌렀다. 조금씩, 더 단단히 눌러 마침내 삼촌이 뭉텅 잘렸다. 피가 퍽, 쏟아졌다. 잘리고 남은 몸통이 힘줄에 달린 채 덜렁거렸다. 방안의 날벌레들이 들러붙기 전에 피칠갑된 상처 주둥이가 덜렁거리는 몸을 훌떡 삼켰다.

삼촌을 삼켜 없애는 동안 집은 아무도 살고 있지 않는 것처럼 조용했다. 오래전 청게의 몸이 되어 미니를 삼키고, 숙모마저 삼켜 없앴던 건지 기억이 흐릿했다. 어쩌면 그보다 더 오래전에 지니가 마당을 가로질러 다박다박 걸어왔던 것도 같았다. 지니는 선물을 내밀며 삐친 내 마음을 달랬을 것이다. 뭐였더라. 미술관 책자였나. 내가 상상했던 모습 그대로 책자를 안고 서 있던 모습이 기억 속에서 어렴풋이 돋아났다. 내가 지니를 향해 먼저 말을 걸었다.

보기에 내가 좀 그렇지? 괜찮아. 놀라지 말고, 들어와.

방문 밖에서 머뭇거리던 지니가 내 곁으로 다가왔다. 오랜만에 보니 반갑다. 나는 진심이었다. 지니가 내 얼굴을 뜯어보고 나서 말했다. 그동안 일이 좀 있었어. 프라하에서 아는 선배를 만났는데 몇 달만 가게 일을 도우면서 있어 달라는 거야. 그 선배, 선물가게를 했거든. 발령 날 때까지 외국에서 살아보는 것도 재밌겠다 싶었지. 네가 이런 줄 알았으면 좀 더 일찍 돌아오는 건데. 미안해. 불편하지는 않니? 지니는 말을 쏟아내면서도 나하고 눈이 마주치는 것을 피했다.

처음엔 불편했는데 이제 익숙해져서 괜찮아. 이제 너도 왔고.

지니가 내 등껍데기에 손을 얹고 말했다.

지번에 얻으려고 했던 오피스텔 있잖아. 그 근처에 비슷한 오피스텔이 나왔더라. 네 공인인증서 비번 그대로던데, 그 돈으로 계약하자. 네 이름으로 할게. 괜찮지?

나는 지니를 보려고 턱을 번쩍 들었다. 지니가 내 등껍데기에서 손을 떼고 뒤로 물러났다. 생김새가 이상하게 변해버린 애완동물을 보듯 지니는 나를 골똘히 봤다. 나는 개의치 않았다. 나를 애완동물로 보든, 스토커로 보든, 오천만 원짜리 통장으로 보든 상관없었다. 나는 집게발을 쳐들어 지니의 손목을 붙잡았다.

왜 이래. 이거 놔.

소리를 지르며 일어서던 지니가 손목을 잡힌 채 방바

닥에 넘어졌다. 버둥거리는 지니한테서 달큼한 냄새가 났다. 내 상처에 약을 발라준 다정한 손을, 나를 안아준 말랑한 팔을, 둘이 살면서 여행을 같이 다니자고 말할 때 생긋거리던 얼굴을 삼켰다. 다정하다가 매정하고, 매정하다가 다정한 엄마처럼 변덕스럽게 등을 돌렸던 몸통을 온전히 삼키고 나서 지니에게 대답했다. 그럼, 괜찮아. 나는 늘 괜찮다고 했잖아.

나는 괜찮았다. 미니를 삼키고, 숙모를 삼키고, 삼촌을 토막 내어 삼키는 건, 역겹지만 치러야 할 일이었다. 지니를 삼킬 때는 이제 겨우 한 몸이 되어 살겠구나, 생각했다. 뱃속에서 영양소로 변해갈 지니의 몸을 생각하면 웃음이 삐져나왔다. 흥분이 가라앉고 나자 속이 좀 메스꺼웠다. 근육과 뼈와 힘줄이 새로 맞물린 데다 집어 삼킬 수 있는 건 다 집어넣은 뱃속이 곤죽이 된 모양이었다.

마당은 비어 있고, 집 안에 인기척이 없는데 웽, 하는 소리가 끊이지 않고 방 안으로 흘러들었다. 나는 가로등 불빛이 흘러드는 벽의 구멍을 지켜보다가 남은 집게발로 중심을 잡고 일어섰다. 몸은, 시멘트를 발라놓은 듯 단단하고 묵직했다. 나는 벽 쪽으로 등을 돌리고 서서 뱃전에서 뛰어내리듯 몸을 내던졌다. 방패 같은 등껍데기가 벽을 칠 때마다 선착장에 묶어놓은 선외기 보트들이 맞부딪칠 때처럼 턱턱 소리가 났다. 금이 가 있던 벽에서 흙부스러기가 쏟아지고 굴이 뚫리듯 커다랗게 구멍이 생겼다. 웽, 하는 소리가 사라졌다. 밤의 정적을 가르며 고양이 울음소리가 날아왔다.

흙먼지가 가라앉고, 골목 끝 저만치 수심신호대가 보였다. 갯비린내 나는 바닷바람이 먼저 불어왔다. 네가 있어서 너무 좋아. 속살거리는 소리가 바람에 실려 따라왔다. 잠시, 가슴이 미어지는 것을 느끼며 그 자리에 서 있던 나는 골목으로 터덕터덕 걸어 들어갔다. 한쪽 집게발이 떨어져 나가긴 했어도 걸을 만했다. 야광페인트를 칠한 수심신호대의 빛이 바다로 이어지고 있었다. 그렇게 믿기로 했다.

방패처럼 껴입었던 등껍데기와 몸통에서 떨어진 집게발은 방 안에 남겨져 죽은 벌레들과 함께 바스러졌다.

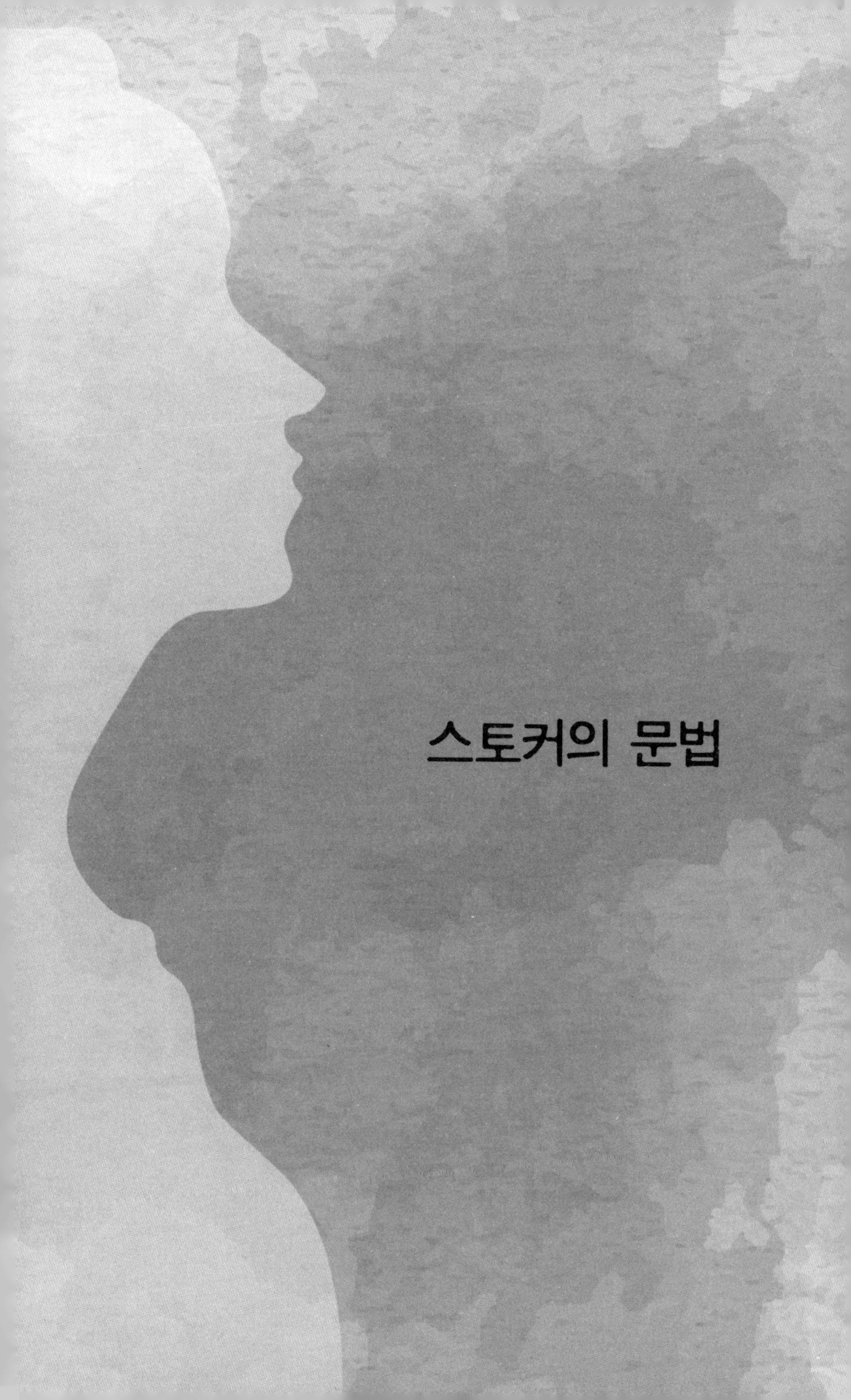

스토커의 문법

당신하고 자러 갈 일은 없을 테니 천천히 마셔요. 천천히…… 말하는 나를 의아한 듯 쳐다보는 눈길이 돌연 차갑군요. 괜찮아요. 이제 시작인걸요. 내가 가만히 한숨을 내쉬는 사이 당신은 앞에 놓인 잔을 홀짝 털어 넣듯 마시는군요.

스티로폼 접시에 담긴 무지개떡이 참 예쁘네요. 연두색 귀퉁이를 떼어내 우물우물 씹는 당신 표정이 소 같아요. 개업 떡을 많이 먹으면 새로 시작하는 일이 잘될 거라고, 카운터를 지키는 아저씨가 갑자기 끼어드는군요. 당신은 사레들린 듯 잔기침을 하고, 주방 쪽을 보며 소주 한 병을 외치는군요. 하긴 오늘처럼 꽃샘추위가 매운 날은 소주가 나을 거예요. 소처럼 순해진 얼굴 위로 경련이 이는 걸 보니 살짝 미안해지는데요. 내내 잘 견디다 결국 메일을 보내고 만 것, 전화를 걸고 만 것이요.

지난주 금요일이었어요. 프린트기 앞에 서서 교열대장이 나오길 기다리는데 문화면 대장이 먼저 밀려 나왔어요. 나무의 방식. 『나무의 방식』이라는 새 시집을 냈다는 그의 인터뷰 기사가 사진과 함께 실려 있더군요. 아, 제가 지금 '그'라고 했나요? 당신 앞에서, 당신을 '그'라고 하다니 우습군요. 우습기는 한데요. 이 이야기를 끝까지 할 수 있으려면 그래야 할 거 같아서요. 당신이 아니라 그에 대해서……. 아무튼 그날 저는 프린트기 앞에 서서 문화면에 실린 그의 사진을 한참 들여다보았지요. 그는 나무처럼 풀잎처럼 존재하는 삶의 결들을 다양하게 담고 있다는, 시집의 서평에 어울리는 표정을 짓고 있었어요. 운명처럼 오래, 그를, 예전의 당신을 바라보던 때가 있었다는, 붉고 슬픈 생각들이 내 안에 슬며시 내려앉더군요. 그러나 그를 다시 만나는 건 차마 못 할 짓이라는 생각이 들었지요.

알아요, 대체 무슨 소릴 하는 건가 싶을 거예요. 그러나 잠시만요. 잠시만 그냥 제 얘기를 들어주실래요? 한 번쯤은 당신과 내가, 내가 알던 예전의 당신을, 그를 안주 삼아 술잔을 들 수도 있지 않겠어요. 아, 막상 말을 하려니 어렵군요. 어디서부터 시작해야 할지. 기사가 실린 대장을 프린트기에 내려놓고 돌아서지 못한 것은, 아니오, 그가 결혼을 앞두고 있고, 그래서 행복하다는 인터뷰 내용이 놀랍기는 했지요. 놀랍긴 했지만, 저를 돌려세운 건 기사 말미에 들어 있던 시였어요. 「나무의 방식」이라는 표제시요.

끌어안지 못하여 / 나무는 그저 바라봅니다 / 목숨처럼 꽃가루 날리며 / 전하는 이에게 교태를 부려야 하는 / 겨운 운명을 지녔습니다 / 마음으로 보듬은 사이로 / 바람이 붑니다 / 다가서지도 멀어지지도 않은 채 / 한 풍경을 이루며 / 나무는 늙어갑니다

포옹하지 못하는 나무의 사랑은 온천천 변을 걸으면서 당신이, 아니 그가 내게 들려주었던 밀어였어요. 강

대나무가 무리를 이루어 서 있는 곳에서요. 더 가까이 다가가지 않고 더 멀어지지 않은 채, 이렇게 바라볼 수 있는 거리에서 다시 돌아선 것, 당신을 찾아온 것, 그런 이유에서죠.

놀라지 않으시네요. 그래요, 지금 나를 바라보는, 차분하고 무심한 그 눈길이요. 나를 사로잡았던 눈길에서부터 이야기를 시작하죠. 조심하노라 했는데 아차 하는 순간 내가 종이컵을 놓치고 말았던 몇 년 전, 그때요. 커피가 쏟아진 탁자에서 다리를 뒤로 물린 그가 나를 천천히 돌아봤지요. 내가 정말 아차 했던 건 종이컵을 놓친 순간이 아니라 고개를 돌려 나를 쳐다보던 그의 얼굴을 마주한 순간이었어요. 누가 귀를 잡고 당긴 듯 그의 얼굴이 한쪽으로 일그러지고, 움찔거리던 눈꺼풀 아래 차분한 눈길을 마주했던 순간이요. 괜찮아요? 그가 물었고, 괜찮으세요? 내가 동시에 물었죠. 묻는 내 입술이 조금 전 그의 얼굴을 지나간 경련에 전염된 것처럼 불불불 떨렸지요. 웃음이 나왔어요. 내가 웃는 걸 본 그가 따라 웃더군요. 눈과 입이 한쪽으로 쏠린 얼굴로 웃는 그를 보는데 눈물이 핑 돌았어요. 모르겠어요. 왜 그랬는지.

푸르르 웃다가 왜 갑자기 울컥 뜨거운 응어리가 가슴에 치밀었는지.

병원에서는 혈행장애라고 하던데 아무래도 산소부족 때문이겠죠. 모든 병이 다 그럴 거지만요. 정말로 그렇게 믿어서 하는 말인지, 소장이 잡아끈 뒤풀이 자리에서 그는 자신의 증상을 산소부족 탓이라 설명했어요. 그래서 제 소원이 산소 같은 여자입니다. 한 세대쯤 뒤처진 그의 농담에 우리 소장님이 큰소리로 웃었죠. 우리 소장님 아시잖아요. 장애인센터에서 진행하는 프로그램에 재능나눔으로 와준 강사의 농담이니 무조건 웃으신 거죠. 그때 했던 강의가 문화유산 바로보기인가 그랬죠. 껄껄 웃는 소장님 옆에서 막걸리병을 집어 들던 그가 문득 나를 쳐다보더군요. 나는, 왜 그랬을까요, 평소와 달리 나를 쳐다보는 눈길을 피하지 않았어요. 나를 바라보던 그의 오른쪽 빰이 실룩거리더니 눈가에 웃는 주름이 잡혔죠. 입가에도 부드러운 미소가 얹혔고요.

그 이틀날 소장님을 설득해 그가 기자로 있는 신문사에 전화해서 구독신청을 했어요. 신문을 받으면 먼저 그가 쓴 기사가 있는지 찾아보았죠. 그리곤 신문 홈피로 들어가서 그가 쓴 유적순례 기획기사를 다시 찾아 읽었어요. 불교와 천주교 등 종교 성지 순례길을 다룬 기사를 읽고, 생토층의 연대로 발해와 고구려의 역사를 따라간 문장을 읽었어요. 음식도구 저장시설로 추정되는 저장구덩이와 우물과 기둥 구멍의 흔적에 관한 문장에는 밑줄을 그었지요. 지금은 사라지고 없는, 원형우물의 흔적 위로 그를 떠올리면서요. 그를 떠올리면 오래전에 사라져 잊고 있던 내 몸속의 떨림이 뱃속을 짜르르 지나갔죠.

신문을 빠짐없이 들여다보기도 했지만, 아마 그런 걸 운명의 계시라고 할 거예요. 계약직 교열기자 모집 공고가 눈에 띄더라고요. 바로 입사원서를 작성해서 보내고는 시험일 새벽까지 외래어사전을 통째로 외웠어요. 젊은 친구들을 제치고 내가 연락을 받은 건, 장애인센터에서 한 달에 한 번 소식지를 만드느라 사전을 늘 가까이 한 덕분일 거예요. 대학을 졸업하고 몇 년간 출판사에 다녔던 이력도 도움이 됐을 거고요.

출근하고 며칠은 분위기도 낯설고, 행여 오타를 잡아내지 못하면 어쩌나 긴장이 돼서 옆에 누가 오고 가는

지 신경 쓸 틈이 없었죠. 사흘째 되던 날 편집국 출입구로 들어오는 그를 보았어요. 그가 걸음을 멈추고 나를 바라보더군요. 눈을 가늘게 뜨고 나를 바라보던 그의 마른 표정 위에 슬그머니 웃음이 실렸지요. 종이컵을 놓쳐 커피를 쏟았을 때처럼, 나도 그와 마주 웃고 싶었는데 딸꾹질이 나오지 뭐예요. 그가 웃으며 내게 다가왔어요. 왜 그랬는지, 한 해 사이에 머리가 희끗희끗 센 채 후줄근한 카디건 차림으로 내 앞에 선 그가 한순간 허깨비처럼 보였어요.

우린 자주 함께 걸었어요. 회사 근처 온천천 변은 우리가 특히 좋아했던 산책코스였죠. 등을 꼿꼿이 세우고 마음속으로 박자를 세며 규칙적으로 걸음을 내디딜 때면 무릎과 고관절 쪽으로 저릿한 통증이 일었는데, 그와 함께 걸을 때는 달랐어요. 나직나직 들려주는 그의 말이 따스한 온기가 되어 내 걸음 속으로 흘러들었어요. 그는 종종 멈추어 서서 담배를 꺼내 물었고 반 박자쯤 어긋나는 걸음으로 따라가고 있는 나를 가만히 바라보곤 했어요. 나를 바라보는 그에게 한 걸음씩 가까워질 때면 온몸이 노곤하게 풀어지는 느낌이었죠.

온천천 변을 걸으며 그는 지난 한 해 자신에게 일어난 불운을 털어놓았어요. 노후에 살 전원 주택지를 마련해 두자는 친구의 말에 무리를 해서 사들인 임야가 이중계약 사기를 당했고, 그 일로 크게 빚을 지게 됐다고요. 공동매입을 했던 친구의 대출보증까지 서는 바람에 다달이 갚아야 할 돈이 월급의 절반이 넘고, 그 와중에 사사건건 부딪치던 아내와도 갈라섰노라고.

산책만큼 그가 좋아했던 건 막걸리를 마시는 술자리였죠. 아참, 여기 혹시 막걸리도 파는지 물어볼까요? 소주는 별로 안 좋아했잖아요? 하긴 섞어 마시면 뒤끝이 안 좋죠. 하하, 술꾼은요. 이런 몸으로 술꾼 흉내나 낼 수 있나요. 그를 따라다니며 막걸리 맛을 배우긴 했죠. 자주 갔던 데가 서부시장 안쪽에 있던 막걸리 집일 거예요. 거기서 대학시절부터 시 공부를 같이 했다는 그의 친구들을 만나기도 했죠. 친구들하고 있을 때면 그는 말을 하기보다 듣는 쪽이었어요. 그러고 보니 그 친구들 얼굴이 기억나지 않는군요. 희한하네요. 만나면 몇 시간씩 한자리에 둘러앉아 얼굴을 본 사람들인데.

막걸리 집에서 나오면 그와 나는 전철역 쪽으로 걸어

가 새벽까지 영업을 하는 카페를 찾아들었어요. 카페에 앉을 때면 이상하게 우린 늘 마주 앉았지요. 옆으로 나란히 앉게 되지가 않았죠. 옆자리에 내려놓은 그의 묵직한 가방 때문이었을 거예요. 하긴 그보다 더 이상했던 건, 이상했다기보다 서운했던 건 그가 나에 대해 전혀 묻지 않는 거였어요. 왜 평소 멀쩡하게 잘 다니다가도 한 번씩 다리를 절룩이는지, 어깨에 메고 다니던 가방을 땅에 끌리도록 늘어뜨리고 울상을 짓는지, 얼굴이며 목이며 밖으로 드러난 몸의 피부가 버석한 종이 같은지, 오래 앉았던 자리에서 일어날 때면 몸 개그를 하듯 자세를 흉하게 비트는지.

생각난 김에 약을 먹어야겠군요. 오늘처럼 저녁 대신 술을 먹는 날은 약 먹을 타이밍을 놓치기가 쉽죠. 제 몸이야 늘 이런 거고, 요즘은 눈이 문제예요. 피부가 건조한 거랑 비교도 안 되게 어찌나 꺼끌꺼끌한지. 기자들도 교열부에 있어 보지 않으면 잘 몰라요. 장편소설 한 권 읽는 것보다 하루저녁 교정지 열댓 장 보는 게 눈이 더 피곤해요. 오늘 낮에도 출근하는 길에 안과를 들렀는데 당장 일을 그만두는 게 좋을 거라면서 겁을 주더라고요.

근데 머 일을 관둘 형편이 돼야죠. 병원비며 아파트 관리비며……. 옆에 앉은 선배 말이 교열부에서 몇 년 근무하다 보면 안구건조증은 기본옵션으로 따라붙는 거라니까 그런가 보다 하는 거죠. 물론 괴롭죠. 간지대장을 보고 좀 쉬었다 저녁 여섯 시 삼십 분부터 교정지를 보기 시작하는데 본판대장 나올 때쯤이면 활자가 제멋대로 튀어 오르는걸요. 그럴 때는 눈을 감고 먼 곳 어딘가를 생각해요. 먼 창가, 먼 나무, 먼 산, 먼 바다, 먼 섬, 그리운 먼 그를 생각하면 눈이 시려오고 눈물이 고이면서 마침내 촉촉해지는 걸 느낄 수 있거든요.

자료를 찾으러 간 조사실에서 그가 긴 파마머리의 여직원 곁에 비스듬히 서 있는 포즈를 볼 때도 눈이 시려오곤 했어요. 유적지에 관련된 화보며 사진파일을 부탁하는 그의 목소리는 어눌하고 나직하고 부드러웠죠. 여자 가까이 고개를 기울이고 선하게 웃는 모습에 가슴이 무너지는 것 같았지만, 그만한 질투쯤 아무렇지 않은 척 넘길 수 있었어요. 어차피 견뎌내야 할 일인걸요. 사실 저는 견딘다는 말을 무척 좋아해요. 그 말 속에 들어앉은 외로움 때문에요. 외로움에는 스스로를 결연케 하는 무엇인가가 있잖아요. 그래서 견딘다는 것에는, 견딘다는 말을 관통하는 단단한 뼈 같은 것이 느껴져요.

근골무력증 진단을 받은 뒤 서른 나이들을 건둥건둥 건너왔어요. 옷을 벗고 고개를 돌려 거울을 보면 곱사등이처럼 휜 척추는 내가 봐도 흉하긴 했어요. 흉하다. 흉하다. 흉하다…… 흉하다는 생각이 무뎌질 정도로 자주 거울 앞에서 마른 삭정이 같은 몸을 확인했어요. 무력해진 몸이 굳지 않도록 물리치료를 받으면서, 시시로 찾아오는 통증과 일주일씩 열흘씩 계속되는 불면을 견디면서, 나는 좀 달랐어요. 우울증에 걸리지도 않았고 죽고 싶다는 생각을 하지도 않았어요. 몇 년간 차도를 보이는 것 같지 않더니, 어느 날부터 병세가 호전되기 시작했어요. 그리고 병원에서 알게 된 인연으로 장애인인권센터 간사 일을 맡게 되었죠. 소장님이 퍽 인간적이었어요. 시민단체라는 게 결국 사람 장사인데, 사근사근하지 못해 센터에 오는 사람들과 쉬 어울리지 못해도 그러려니 넘어가주기도 했고요.

신문사에 들어온 뒤 그를 만나 밥을 먹고, 산책을 하고, 술을 마시고, 그가 쓴 시를 읽으면서 내내 그를 바라만 보았던 것도 그래서였죠. 그저 바라보는 거리에서 멈추는 것, 근신하듯 떨림을 숨길 수 있는 지점에서 포기하는 것이 어렵지는 않았어요. 국밥을 파는 막걸리 집에서 느릿느릿 이어지는 그의 이야기를 들으면서 그런 생각을 했죠. 카페 창가에 앉아 바깥을 내다보고 있는 그의 옆모습을 보면서도 생각했어요. 그에게로 가는 길이 멀어도 괜찮다고. 천 리만큼 멀어져도 견딜 수 있을 거라고.

그 일이 있었던 건 작년 삼월이었어요. 가만가만 내리는 봄비에 마음이 젖어들던 수요일 밤이었지요. 엘리베이터 앞에 서 있는데 그가 불렀어요. 우산이 없느냐고, 오늘은 마침 차를 가져왔으니 집까지 바래다주겠다고요. 술을 좋아하는 사람이라 회사에 차를 가지고 오는 적이 거의 없었는데 그날은 아마 어디 지방 취재를 다녀왔던가 봐요. 제 아파트 주차장에 차를 대고 그가 잠시만 앉아 있자고 했어요. 잠시 앉아 있다가 제가 말했어요. 같이 올라가자고요. 난감해하는 그를 위해서였는데, 정작 그는 난처한 제안을 받은 듯 웃었어요. 얼굴이 한쪽으로 당겨지면서 경련이 일었고요. 웃을 때 주름이 많이 잡히는 얼굴이, 그의 모습이 좋았어요. 뱃속이 따뜻해지더군요. 내 안에서 오래된 무언가가 되살아나는 것 같았어요.

차 안에서는 괜찮았는데, 방 안에 둘이 멀뚱하게 앉아 있으려니 몹시 어색했어요. 마실 걸 가져오겠다며 일어섰죠. 이럴 줄 알았으면 집에 와인이라도 사둘 걸 그랬다고, 서둘러 커피를 끓이고 귤과 사과를 챙겨 들어가자 그가 등을 보인 채 비스듬히 누워 있더군요. 탁상시계를 보니 열한 시를 넘어가고 있었죠. 그는 비스듬히 누운 채 건네주는 사과를 먹으며 주절주절 말을 이어갔어요. 온천천 변을 걸으면서, 막걸리 잔을 앞에 놓고서 들려주던 이야기를 다시 들으며 나는 그를 마주 보고 싶었는데 돌아누우라는 말을 하지는 않았어요.

오래된 비석을 찾아가는 일이 한 달에 한 번 만나는 자식 놈만큼 좋다고 잠긴 목소리를 내던 그가 문득 몸을 돌려 나를 보더군요. 나를 가만히 쳐다보더니 내 팔을 잡아끌었어요. 여기서부터는 말하기가 참 쑥스러운데, 이왕 시작한 거니까 계속할게요. 근골무력증에다 중증의 류머티즘으로 구겨진 몸을 드러내면서 나는 그의 표정을 돌아보지 않았어요. 낮은 한숨 소리를 들었던 것 같은데, 아마 제 착각이었겠죠. 당황한 데다 도무지 민망해서 어찌할 바를 몰랐으니까요. 그가 엉거주춤 앉은 나를 눕히고는 묵묵히 내려다봤어요. 그의 표정이 어딘지 화난 사람처럼 사나워 보여 나는 눈을 딴 데로 돌렸어요. 그가 뭐라고 중얼거리더니 내 몸 속으로 들어왔어요. 나도 모르게 비명이 새어 나왔죠. 병색이 있고 혼자 사는 여자라 해도 설마 이 나이에 성관계를 한 적이 없을 거라고는 생각지 못했겠죠. 그의 이름을 부르며 힘껏 밀어냈는데 그는 내 양팔을 방바닥에 누른 채 막무가내였죠. 구부리지 않고 반듯하게 누운 자세가 휜 척추를 눌러대는 통증까지 더해졌지만, 더는 그를 밀어내지 않았어요. 몸이 부들부들 떨릴 정도로 아팠지만요. 나는 그와 한 몸이 되는 거라고, 그가 토해내는 숨소리에 매달렸어요. 속절없이 바라보기만 했던 그가, 그의 몸이 내 몸을 찾아들었다는 감격에 엉치뼈가 어긋나는 것 같았어도 참았어요. 그게 얼마나 미련한 짓이었는지 나중에 병원 치료를 받으러 다니면서 알게 됐지요.

거칠게 움직이던 그가 움찔하더니 몸을 옆으로 굴려

방바닥에 누웠어요. 나는 그대로 누워 얼얼해진 아랫도리의 감각이 돌아오길 기다렸죠. 잠시 후 나는 몸을 일으키고 그의 이름을 불렀어요. 아무 말 없이 눈을 감고 있는 그의 곁에 앉아 대답을 기다렸죠. 숨을 고르느라 오르내리는 그의 가슴에 손을 얹고서요. 그는 곧 잠이 들었어요. 낮게 코를 골면서요.

작년 이맘때 일인데 말을 하고 보니 그때처럼 몸이 옥죄는 거 같네요. 아랫배도 아프고요. 아뇨. 엄살이 아니라 실제로 아픈걸요. 한동안은 엄청 고통스럽기까지 했어요. 그런데, 그게 이상하긴 해요. 하루 이틀 사흘…… 날이 지나면서 통증이 차차 덜해지는데, 다행이다 싶으면서도 한편으로는 허전하달까, 서운하달까 그런 기분이 들더군요. 모르겠어요. 정확히 설명하기가 참 그런데요. 아무튼 결정적으로 뭔가를 잃어버린 것 같은, 아니 놓쳐버린 것 같은 그런 기분이었어요. 우습죠? 괜찮아요, 이런 내가 나도 우스운걸요. 한심하기도 하고.

한 병 더 시키시려고요? 아까부터 주인아저씨가 쳐다보는 게 우릴 걱정하는 눈치 같아요. 그래 봐야 겨우 세 병짼걸. 당신은 영 기분이 가라앉는 눈치군요. 저기 바깥을 한번 내다봐요. 영화세트장 같지 않나요? 여닫이 유리문과 푸르스름한 형광 빛이 번지는 가로등, 고개를 숙이고 점퍼 주머니에 손을 넣고 가는 남자, 머플러를 둘둘 감고 남자의 속도에 맞춰 종종거리는 여자……. 저 밖에서 보면, 우리는 다정한 연인 같아 보일까요? 아니면 연기가 서툰 배우들이 말아먹고 있는 영화의 한 장면 같을까요. 농담인데, 웃지 않으시네요.

그 일이 있은 다음부터는 모든 게 영화처럼, 아니 악몽처럼 흘러갔지요. 다음 날 아침 샤워를 하고 나온 그는 젖은 수건을 이불 위로 던져놓고 허둥지둥 옷을 입더니 현관문을 나섰어요. 쫓기는 사람처럼 그가 몹시 서두르는 바람에 나도 허둥거려지더군요. 아침을 차려주겠다는 말을 꺼내지도 못할 만큼요. 복도를 지나는 동안 그는 내 쪽으로 고개를 한 번도 돌리지 않았지요. 엘리베이터에 탄 그를 보며 내가 정박아처럼 웃었을 때도 그는 웃지 않았어요.

그날 나는 삼판 당직이어서 다른 날보다 늦게 출근했어요. 그는 모니터만 들여다보고 있더군요. 교정지를 읽다 한 번씩 그를 돌아보았고, 그때마다 아랫배를 칼로 긁는 듯한 통증이 지나갔어요. 저녁 내내 이마랑 코에 굵은 땀방울이 맺히는데, 그는 교열부 옆으로 지나가면서도 내가 보내는 눈길을 모른 척했어요. 그도 나처럼 컨디션이 몹시 좋지 않은가 보다, 불안하고 서운한 맘을 달랬죠. 그런데 퇴근시간이 다 돼갈 때였어요. 흡연장소로 사용되던 복사실에서 나오던 그와 맞닥뜨렸죠. 회사에서는 가급적 서로 말을 건네지 않고 지냈지만 그때는 내가 무슨 말인가를 하려고 입을 뗐어요. 입을 떼려고 했지요. 그가 몸을 홱 돌리더니 복사실 안으로 도로 들어가 버리더군요. 황당했죠. 우리 두 사람 말고는 주변에 아무도 없었거든요.

그는 전화조차 받지 않았어요. 다음 날도 또 그다음 날도 길게 신호를 보내는 내 전화를 받지 않았어요. 그는 내 눈길을 피했고 내가 있는 자리를 피해 다녔어요. 그게 이해가 되나요? 당신은? 하긴 당신 역시 설명하기가 힘들 거라 생각해요. 나는 그의 이상행동을 나 자신에게 설명해야 했어요. 한 번 이혼을 했으니 여자를 대하는 게 힘들겠지. 이혼하는 과정에서 상처를 많이 입었겠지. 그래서 겁이 나는 거겠지. 나를 피하는 그를 볼 때마다 주문을 외우듯 반복했던 말이었죠.

알아요, 지금 당신 기분이 어떨 거라는 것. 당신 입장에서는 왜 내가 이 자리에 앉아서 이런 이야기를 듣고 있어야 하는지, 이게 웬 장렬한 뒷북인지 어이없고 불쾌하기도 할 거예요. 그러나 부탁인데 잠시만 더 앉아 계세요. 잠시만요. 저한테 그 정도는 하셔야죠. 저는 꼬박 한 달을 그렇게 보냈어요. 전화조차 받지 않는 그를 지켜보며 속을 끓이다 메일을 보냈죠. 내게 왜 이러는지, 행여 내가 귀찮게 매달릴까 겁이 나는 거라면 부담 가지지 않아도 된다고요. 내가 불편하거나 기분 나쁘게 한 게 있다면 솔직히 말해달라고요. 그는 답장을 하지 않았어요. 구구절절 변명하는 게 귀찮았다면 단 한 번의 표정, 단 한 번의 눈짓만 보내왔어도 됐을 텐데 말입니다. 그리고 알다시피 그는 여름 끝 무렵 회사를 나갔죠. 이거, 당신 가방에서 나는 소리 같은데요. 벨소리, 다운받으셨나 봐요. 요즘 뜨는 드라마 오에스티죠. 음, 잠시만요.

화장실이 깨끗하네요. 개업이라 구석구석 신경을 썼나 본데 손님이 이렇게 없으니 내가 괜히 미안해지는데요. 안주를 조금 더 시켜야 하나 어쩌나. 메일이요? 아,

이제 봤나 보군요. 아까 회사에서 나오기 전에 그 여자에게 메일을 보냈거든요. 그런 표정 짓지 말아요. 험악해 보여요. 저, 그 표정은 싫어해요. 그래도 메일로 보낸 게 블로그에 올려 사람들이 다 보게 하는 것보다 낫지 않나요?

회사에 구조조정 명단이 돌고 며칠 뒤 배낭과 쇼핑백에 짐을 챙겨 나가는 그를 지켜보는데, 내가 앉은 쪽으로는 눈길조차 주지 않았지만, 마음이 울적하더군요. 브랜드 시인이 아닌 다음에야 전업 시인으로 살기 힘든 세상이니까요. 명예퇴직이니 어쩌니 해도 결국 인사 고과에서 밀려 회사를 나가게 된 그를 위로하고 싶었어요. 그의 블로그를 찾아 들어갔던 것도 그래서고요. 비워두다시피 했던 블로그에 예상대로 글이 올라와 있더군요. 지면을 뺏겼어도 기자 본능이 어디 가겠어요. 퇴직한 뒤의 일상사가 차곡차곡 올라오는 블로그를 하루도 빠짐없이 방문했어요. 그런데 막상 방명록을 열고 나면 입이 떨어지질 않는 거예요. 원망을 해야 할지 위로를 해야 할지 헷갈렸던 거죠.

몇 달을 아무 말 없이 들여다보다 온천천 겨울풍경을

방명록에 올렸어요. 강대나무를 찍은 사진이었죠. 그가 떠난 뒤에도 나는 온천천 변을 자주 걸었고, 선 채로 말라죽은 강대나무를 보면 어떤 견딜 수 없는 심정이었거든요. 내게서 돌아섰지만 아직 내 마음이 이러니 그가 나를 모른 척하건 말건 상관없다고 사진 밑에 글을 덧붙이기까지 했어요. 상관없노라 해놓고도 매일, 하루에 열 번도 넘게 그의 블로그를 들락거리며 방명록을 확인했어요. 일주일째던가, 답글이 달리지 않고 있던 내 방문글이 삭제됐지요. 그가 일본에 갔다 왔다며 후기를 올려놓은 날이었죠. 기가 막혀 조금 웃기까지 했어요. 그는 나를 삭제하고 싶었던 걸까요. 일본여행 중 찍은 사진에서 그의 어깨에 착 붙어선 여자가 긴 파마머리의 조사실 여자라는 사실보다 무심하게 눌렀을 삭제키가 가슴을 쳤지요.

그땐 눈에 뵈는 게 없더군요. 다시 글을 올렸어요. 거두절미하고 물었죠. 나한테 왜 그랬느냐고. 그래도 한때 나를 좋아하지 않았느냐고. 엉겁결에 잠자리 한번 같이 한 게 이렇게까지 나를 피할 이유가 되는지, 뼈 마디마디가 휘어진 몸뚱어리가 그토록 끔찍했는지 정말 알고 싶다고. 당신이란 인간이 내게 취했던 행동의 진짜 이유가 궁금해서 죽을 지경이라고. 비밀글이 아닌 공개글로 버젓이 올려놓았으니 모르긴 해도 블로그 자체를 삭제하고 싶었겠죠. 그러나 자기 이름으로 낸 시집을 소개하면서 꽤 많은 독자가 찾아드는 블로그를 포기하는 게 어디 쉽겠어요. 들어가 보니 내 글은 삭제돼 있고, 글쓰기를 금지해 놨더군요. 접근하면 발포하겠다는 경고 팻말 앞에 서 있는 기분이었죠. 욱하는 마음에 까발리며 따지기는 했어도, 다른 계정을 개설하면서까지 글을 올려 그를 괴롭히고 싶지는 않았어요. 아실 거예요. 그는 내게 가장 가까이 왔던 사람이고, 내 고통을 함께했던 단 한 사람인걸요.

인터뷰 기사를 본 날, 다시 그의 블로그를 찾았죠. 결혼을 앞두고 있다는 조사실의 그 여자가 블로그를 대신 관리하고 있더군요. 귀여운 폰트도 그렇고, 배경화면을 요즘 뜨는 드라마 촬영지로 꾸며놨더군요. 딱 서른 중반의 여자취향이었죠. 그 여자 아이디를 검색해서 메일주소를 알아냈어요. 무슨 말을 했겠어요. 있는 대로 사실을 적었죠. 그가 성욕을 풀고 간 이튿날부터 출혈이 시작됐다, 첨부한 건 핏줄이 터진 채 부어오른 질 천장과 자궁경부를 찍은 사진이다, 몇 달째 출혈이 멈추지 않았고 스트레스성 출혈이라 소견을 밝힌 의사의 진료기록과 처방전을 스킨해서 보낸다. 메일을 열어보고 꽤 놀랐을 거예요. 병원을 찾아가서 겨우 얻어낸 사진이랑 진료기록을 오늘 그 여자에게 보내고, 그러고 나서 당신한테 전화를 한 거거든요.

스토커요? 정신병자 같은 집착이라고요? 내가 그를 사랑한다고 굳세게 믿는 척하고 내 사랑을 증명하겠노라 애쓰는 것이, 내 시간 내 열정 내 사랑을 바치는 게 다 집착일 뿐이라고요? 내가 그를 실제로는 전혀 사랑하지 않는다는 사실을, 사랑할 수 없다는 사실을, 사랑의 절망을 감추려는 꾸며낸 집착일 뿐이라는 건가요? 하, 어쩌면요. 좀 이상한 논리이긴 하지만, 당신 말대로 제가 어차피 스토커라면 내가 내 사랑을 포기해야 할 이유는 더욱이 없는 거겠지요. 당신을 통해 그를, 내 사랑의 끝을 따라가야겠지요. 아무리 그래 봐야 죽은 나무에 꽃이 피겠느냐고 빈정거리는 당신의 말투도, 노려보는 눈길도 다시 사납고 냉랭하네요. 제 말이 아직 이해가 안 되는가 봅니다. 제 굳은 몸이 아니라 당신이 내 마음 속에서 강대나무로 서 있는 거라는 것. 이것이, 그 사람에게로 가는 말라죽은 나무의 방식이라는 것.

답답해하지 말아요, 세상에는 어쩔 수 없는 일이 있는 법이죠. 그는 지금 당신 뒤에 숨어 나를 지겹고 역겨운 스토커로 몰고 있지만, 내가 그를 놓을 수 없음은 당신의 존재 깊은 곳에서 그 스스로 깨닫지 못한 채 나를 놓지 않고 있기 때문이 아닐는지요. 기형의 외로운 몸으로 그를 껴안았던 내 사랑이 나날이 순정해지듯 그 또한 나를 간절히 기다리고 있는 거라면, 당신이 내게 일러준 게 그것이 아니던가요. 사랑하는 대상보다 사랑을 전하는 메신저에게 교태를 부려야 하는 나무의 방식이요. 처음 정해진 거리 그대로 세상의 풍경을 이루며 늙어가는 나무의 방식 말이지요.

네? 눌러주다니요? 갑자기 그게 무슨……? 아, 그런 식으로 말하다니 당신답지 않아요. 당신을 통해 당신 뒤에 숨은 그를 사랑한다느니 어쩌니 에두를 것 없이 그렇게 소원이라면 다시 한 번 눌러주겠다는 식의 천박한 말투라니요. 취하신 거 같으니 넘어가 드릴게요. 아뇨, 제

손은 놓고 앉아보세요. 아까도 말했지만, 당신하고 잠은 자지 않을 거니까. 당연히 같은 실수를 반복하는 게 두려워서죠. 그런 어처구니없는 실수 말이에요. 야윈 가슴과 마디마디 부어오른 등뼈와 살점 없는 엉덩이에 욕정을 쏟고 나면 누구랄 것 없이 기분이 좋지 않을 텐데 말이지요. 견딜 수 없는 사랑보다도, 견딜 수 없는 사람이 되는 게 여자로서 두렵고 치명적인 것 이해할 수 있을 거예요.

진화, 또 그 여잔가요? 받아보세요. 그래요. 그럼, 짧게 할게요. 간사 직책을 그만두고 나온 장애인인권센터까지 끌어들여 당신을 초청 시인으로 모셔 달라 부탁하고, 그걸 빙자해 당신을 만나려 한 것……. 그가 회사를 나가고 난 뒤 나 혼자서도 종종 온천천 변을 걷는다는 말은 했지요. 때로는 집까지 한 시간이 넘는 길을 걸어서 퇴근하기도 했는데, 강대나무가 들어선 둔치를 지날 때면 늘 그가 생각났어요. 그것도 봄비 내리던 삼월, 나를 묵묵히 내려다보던 사납고 무심한 표정의 그가 떠올랐어요. 어김없이 아랫배에 냉기가 스치는 게 느껴졌고요. 서늘한 사막처럼 뱃속이 비워져 가는 느낌이었는데,

언제부턴가 거기에는 나를 편안하게 해주는 뭔가가 있었어요. 아마 내 몸에 일어난 변화 때문일 거예요. 그와 관계를 한 뒤 몇 달간 지속되던 출혈이 멈추면서 생리도 같이 끊겼지요. 치료를 해준 의사 말로는 스트레스로 인한 출혈성 질환이 폐경을 앞당긴 듯하다더군요. 그게 아니라면 관절치료를 위해 장기간 복용해온 스테로이드제가 조기폐경의 원인일 수도 있다고요.

이제 마흔둘, 선택의 여지가 별로 없었던 인생이지만 어찌 보면 흔하디흔한 삶이었어요. 딴엔 눈앞에서 놓쳤던 많은 것을 아쉬워하지 않으려 애쓰며 살았지요. 내 몸에 깃든 병과의 오랜 싸움 끝에 드디어 생을 달관해서가 아니라 독한 약에 절어 남들보다 빠르게 늙는 몸에 맞춰 마음이 낡아버렸기 때문일 거예요. 이젠 애를 써도 꼿꼿할 수가 없어요. 오랜만에 찾아뵀는데 센터 소장님도 제 걱정을 많이 하셨어요. 장애인 예술제 행사에 초청되는 강사가 내정돼 있는 걸 알면서 굳이 당신을 섭외해 달라 고집하는 이유가 뭐냐고요. 나에 대해 무슨 말을 전해 들었는지, 내가 내 마음을 어찌하지 못해 강간에 가까운 상황을 상상한 것이 아니냐고, 아무래도 치료를 받아보는 게 어떻겠느냐고요.

당신, 내게 그랬듯, 나와 있었던 일을 소장님한테 감추고 싶어한 거 이해해요. 사랑이란 게 원래 감추는 거니까요. 나 또한 오늘 당신을 찾아온 것, 우리 두 사람 감쪽같이 숨어들 서늘한 사막 같은 공간을 품고 있노라 알려주고 싶어서인걸요. 설사 당신이 이미 내가 내민 강사 초청장을 던진 채 자리에서 일어나 버렸다 해도요. 그 전에 당신이, 밥이라도 먹자며 끄는 내 손길을 마다한 채 택시를 잡아타고서 진작 가버렸고, 나 혼자 여기 들어와 빈 소주병을 늘려가며 넋두리를 하는 거라 할지라도요. 어쩌면 당신을 만난 적조차 없이 늘어놓는 이 장황한 고백 앞에서 여전히 침묵하는 그를 만나 토란액처럼 흘러나오는 이야기에 나 혼자 젖어든다 해도 어찌할 수 없는 그리운 몸으로 촉촉이 스며들고 싶었던 것뿐이라는 것, 아실 테니까요, 당신.

티눈

화끈하게 한 번 아프고 말자는 각오로 나는 오른손 검지 끝에 면도날을 찔러 넣고는 후비듯이 돌렸다 뺐다.

"미치겠네, 진짜."

피가 나기 전에 얼른 눈앞에 대고 보니 팥알만 한 굳은살이 반쯤 도려진 채 그대로 붙어 있다. 이대로 두면 상처가 아물면서 각질이 단단해져 스치기만 해도 지독히 아플 것이다. 일단 티슈로 피를 찍어내고 면도날을 고쳐 잡는데 전화가 울렸다.

"에휴, 니는 생전 전화 한 통 할 줄 모르노."

엄마다. 말을 꺼낼 때 습관처럼 갖다 붙이는 한숨에

짜증이 인다.

"한번 오니라. 기호도 저녁답에 온단다."

나는 왼손으로 마우스를 끌어 '대여중'을 클릭했다. 급히 회수해야 할 책이 스무 권이 넘었다. '후르츠 바스켓' 시리즈는 들어오는 대로 단골아이에게 전화를 해줘야 되고, '명왕성의 유령' '프린세스와 마녀'도 오늘까지 반납을 받아야 내일 오후에 돌릴 수가 있다.

"여보세요, 듣고 있나?"

"알았으니까 전화 끊어요."

구구하게 변명하느니 한약 냄새가 밴 방에서 저녁을 먹고 텔레비전 앞을 잠시 지키다 돌아오는 게 낫다.

"벌써 닫으려고?"

때 이르게 반소매 티를 걸친 은주 엄마가 수박만 한 가슴을 내밀며 팬시점에서 나왔다.

"어머머머, 언니 또 칼로 긁었구나. 쑥뜸 한번 해보라니까 그러네."

체구에 어울리지 않게 촐싹대는 게 귀찮아 되도록 말을 섞지 않으려 해도, 가게 일을 부탁하기는 만만한 게 은주 엄마다.

"됐고, 혹시 애들 책 가져오면 좀 받아놔 주라."

"아까 보니까 영세 총각도 일찍 들어가데? 같이 어디 좋은 데 가기로 했나 봐?"

상가 바깥까지 따라 나온 은주 엄마가 과일전을 돌아보며 입을 삐죽거렸다.

"영세 총각, 자기 형수한테 가게 맡겨놓고 어딜 그렇게 돌아다니나 몰라."

"글쎄, 그걸 왜 자기가 걱정 해?"

무시하면 그만일 텐데 나도 모르게 말에 모가 섰다.

같은 상가라 해도 이층은 이런저런 학원이 들어 있어 따로 어울렸고, 슈퍼 부부를 빼면 영세는 상가 일층에서 가게를 지키는 유일한 남자였다. 작년 가을 자기 형수가 하는 옷수선집 옆에 과일 가게를 내면서 영세는 여자들 사이에 완전히 스타가 됐다. 나와 영세를 놓고 쑥덕거리는 이유도 마흔이 넘은 여자가 멀쩡한 총각을 후려낸 게 못마땅해서일 것이다.

"고모 온다. 고모!"

골목에서 조카 두 녀석이 무선조종카를 갖고 놀다가 반색을 하며 달려왔다. 자주 만나는 것도 아닌데 고모라고 엉기는 게 신통했다. 화단 곁 장독 뚜껑을 열던 올케가 대문을 들어서는 나를 보고는 비시시 웃었다.

"어머니, 형님 왔어요."

올케가 부엌 창문에 대고 소리를 질렀다. 주방으로 들어가자 커다란 냄비에 국자를 넣어 젓고 있던 엄마가 혀를 찼다.

"옷이나 좀 사 입고 댕기지. 어여 들어가 봐라."

엄마가 주방으로 들어오는 나를 안방 쪽으로 밀었다. 안방 문을 열자 난방으로 데워진 공기가 텁텁했다. 아버지는 한쪽으로 쏠린 입을 벌린 채 잠들어 있었다. 틀니를 빼놓은 입이 검은 구멍처럼 뻐끔했다.

"어머니, 민우 아빠가 손님이 와 있어서 좀 늦는대요."

올케가 현관에 서서 소리를 질렀다. 좋은 일이 있는지 목소리가 통통 튄다. 방 안에 아픈 사람이 누워 있다는 사실을 아랑곳하지 않는 올케의 무신경이 부러웠다. 어릴 때부터 눈치 보며 자란 사람은 죽었다 깨어나도 가질 수 없는 장점이다. 기호한테는 잘 맞는 짝이었다.

"형님, 그냥 나오셔도 돼요. 한번 주무시면 안 깨시거든요."

올케가 방문을 드르륵 열고 말했다. 나는 손사래를 쳐서 올케를 쫓았다. 이런 상태로 일주일을 갈지 한 달을 갈지 아무도 모른대요, 같은 말을 쫑알대며 내 옆에 앉을까 봐 일부러 눈길을 주지 않았다. 아버지한테 무슨 애잔한 정 같은 게 남아서가 아니라 아버지를 대하는 품으로 나하고 격이 없어지겠거니 구는 게 싫었다. 올케한테 무슨 감정이 있는 건 아니었다. 이 집안의 며느리라는 입장으로 내 앞에서 얼쩡거리는 것이 성가실 뿐이었다. 나한테 며느리는 아버지의 헛소리 속에서 처음 등장한 캐릭터였다.

"매실 아재가 양반은 참 양반이라. 여식아는 오든가 말든가 내다보도 안 하고, 며느리가 오면 버선발로 뛰어나간다 하대."

그때 며느리와 함께 등장했던 촌수 아리송한 매실아재가 누군지 나는 지금도 모른다. 족보를 펴놓고 기호한테 들려주었던 집안 내력과 거미줄 같은 촌수를 굳이 캐묻고 싶지도 않았다. 아버지가 뇌졸중으로 쓰러졌다는 연락을 받고 집에 발길을 하게 된 뒤, 아버지한테 물은 적이 있었다. 개구리가 그려진 앙증맞은 앞치마를 두르고 부엌과 마루를 오가는 올케를 보다가 정말 궁금해서 물었다.

"그래서 아버지는 올케가 오면 양말 바람으로 뛰어나갔습니까?"

퇴원한 뒤로 아버지는 말을 제대로 하지 못했다. 보문 어른 묏자리를 놓고 설왕설래한다느니, 양동아재네 혼사가 있다느니 종택을 끼고 기별이 올라치면 만사 제쳐놓고 달려갔던 아버지는 이제 며느리가 오든 딸이 오든 자리에서 일어날 힘도 없었다. 나는 무릎걸음으로 다가가 아버지 얼굴을 들여다보며 중얼거렸다.

"걱정 마이소. 돌아가시면 기호가 제사 잘 차려줄 겁니다. 이게 다 남의 새끼 잘 거둔 아버지 공덕 아닙니까."

초등학교 5학년 때, 한약방을 닫고 퇴근한 아버지가 나를 불러다 자리에 앉혔다. 돈궤에서 지전 몇 장이 없어졌는데 그걸 어디다 쓰려고 꺼냈느냐며 호통을 쳤다. 다짜고짜 도둑질을 했다고 나를 몰아붙이는 아버지가 미웠다. 밉고 서운하고 억울했지만 나는 아무 변명도 하지 않았다. 회초리를 갖다 놓고서 핏대를 세우는 아버지가 문득 가소롭게 보였다. 이노무 가시나가. 어디 눈을 똑바로 뜨고. 아버지가 당장 종아리를 대라고 호통을 쳤다. 아버지한테 맞기는 그때가 처음이었다. 계집애가 약방을 들락거리니 될 일이냐는 헛소리를 덧붙이지 않았다면 나는 몇 대의 매에 못 견딘 척 돈의 행방을 일러바쳤을 것이다. 며칠 전부터 기호는 반장 선거에 나가려고 반 애들한테 만화를 보여주고, 뽑기를 시켜주느라 돈을 펑펑 쓰고 있었다. 아버지는 틀렸고, 내게 잘못을 저지르고 있었다. 아버지가 더 많은 잘못을 저지르도록 나는 매질을 버텼다.

"가시나가 집안에 무슨 우사를 시킬라고……."

종아리에 회초리가 떨어질 때마다 눈물을 뚝뚝 떨구면서도 입을 앙다물고 있는 나를 엄마가 끌어냈다. 아버지 손에서 빼앗은 회초리를 부엌바닥에 내던진 엄마가 내 등짝을 두들겨댔다.

"무슨 고집이 이래 황소고집이고, 엉."

나는 툭하면 내 등짝을 두들겨대는 엄마를 무서워하지 않았다. 맞는 것도 이력이 붙으면 오기가 생기는 법이었다. 고깃점이 올라앉은 기호의 국그릇과 달리 멀건

국물밖에 없는 내 국그릇을 들고 수챗구멍에 가서 부어버린 날은 등짝이 얼얼할 만큼 두들겨 맞았다. 먼지떨이와 빗자루를 손에 잡히는 대로 들고 헛손질을 해대는 엄마는 미친 여자 같았다. 그때까지만 해도 나는 엄마를 미워했지만 용서할 수 있었다. 나를 매질하면서 사실은 엄마가 때리는 사람이 기호일 거라고, 아버지일 거라고 믿었다.

내 착각이었다. 엄마한테는 아버지가 세상에 드리워진 유일한 동아줄이었다. 아버지가 죽고 나면 기호가 동아줄이 되어줄 거라고 엄마는 굳게 믿고 있었다. 흥, 동아줄은 무슨. 예전 기억에 고개를 젓다가 비명을 질렀다. 무심결에 꽉 움켜쥔 손가락이 불에 덴 듯 아팠다. 칼에 벤 상처가 생각보다 깊었던 모양이다. 아버지와 엄마가 붙잡은 게 썩은 동아줄이라는 것을 알려주기 위해 나는 기호를 안았고, 집을 나왔다. 집을 나온 뒤로 나는 동아줄 따위를 붙잡으려 한 적이 없었다. 어차피 내가 만나고 잠자리를 같이했던 남자들도 썩은 동아줄이기는 마찬가지였다. 영세도 마찬가지였다. 그가 나를 찾아오는 건 내가 결혼 같은 구접스런 말을 꺼내지 않을 여자라는 걸 알기 때문이었다. 사실 나는 멀쩡한 진열장을 손봐 달라며 주책을 떠는 은주 엄마만큼 영세를 좋아하지도 않았다.

"형님, 뭐하세요, 저녁 다 됐는데?"

올케가 문을 열고 고개를 들이밀었다.

"또 티눈이에요?"

피에 엉겨 붙은 티슈 조각을 침을 적셔 뜯어내는 것을 보고 올케가 물었다.

"건드리다 말았더니 자꾸 쑤시네."

"전에 보니까 아버님도 발바닥에 티눈이 있데요. 뽑아내도 자꾸 생긴다면서요."

아버지 발바닥에 티눈 있던 것까지 기억해서 알려주는 올케 등 뒤로 기호의 웃는 얼굴이 보였다.

"티눈이 어쨌게? 아버지가 워낙 티눈 체질이잖아."

오랜만이라며 손을 내미는 기호를 식탁이 있는 주방으로 밀며 나는 퉁명스럽게 말했다.

"체질 하나는 내가 확실히 물려받았다. 손가락을 자르든가 해야지."

낮에 일부러 기장까지 가서 사 왔다는 멸치회를 씹으

며 기호는 티눈에 직방인 묘약에 대해 떠들었다.

"이건 진짜 확실한 건데 밀가루에 끓는 기름을 부어서 반죽을 만들어 붙이면 돼. 아니면 이왕 칼자국 낸 김에 피를 확실히 뽑아내고 대추 있지, 왜? 대추를 종잇장처럼 얇게 썰어서 서너 번만 붙여줘 봐. 사흘 정도면 뿌리가 쏙 뽑힐걸? 뿌리를 뽑아야 재발을 안 한다니깐."

티눈은 뿌리를 뽑아버려야 한다는 말은 전적으로 맞는 말이었다.

"자긴 티눈도 안 나면서 어쩜 그렇게 잘 알아?"

올케의 감탄에 엄마도 궁금했는지 민재한테 김치를 찢어주던 손을 멈추고 기호를 쳐다보았다.

"군대 있을 때 무좀 있는 놈, 티눈 있는 놈, 종기에 고름에 하여간 별의별 인종이 다 있었거든. 참 가지도 있다."

"먹는 가지?"

가지까지 댈 정도로 진작부터 박식했다면 그동안은 왜 입 다물고 있었는지 나는 그게 궁금했다.

"다른 가지도 있나? 가지 꼭지를 잘라내 가지고 티눈에 대고 문질러주는 거라. 대여점 손님 기다리면서 할 일도 없잖아. 일주일 정도만 쉬엄쉬엄 문질러줘 보라고. 티눈이 때처럼 밀리면서 싹 벗겨지지."

"시장 가면 널린 게 가지 아니가. 야튼 옥이 니가 옛날부터 미련스러웠다. 그걸 생짜로 뜯어낼라 했더나, 그래."

오늘이 무슨 날인가. 옆에서 거들던 엄마까지 가세해 처방을 내놓았다.

"은행나무 이파리도 좋고 소철 이파리도 좋은갑더라. 가루로 만들어 갖고 밥풀캉 섞어서 발라 보래이."

티눈으로 고생하는 게 어제오늘 일이 아닌데, 나도 눈치가 없지는 않았다. 저번처럼 환갑 앞둔 홀아비라도 갖다 대려나 싶어 지레 분통이 터졌다.

"니는 그래, 많이 바쁘나? 야들은 사흘돌이로 와서 저녁도 먹고 가고 하구마는."

"아들하고 딸하고 같수?"

나는 숟가락을 놓으며 이죽거렸다. 엄마가 입에 든 걸 삼키고는 엉뚱한 소리를 했다.

"바쁘겠제. 내남 없이 먹고 살자니 와 안 바쁘겠노."

내가 바빠서 가뭄에 콩 나듯 온다고 믿는 게 엄마한테

는 속편한 일일 터였다. 남은 멸치회를 거둬 먹던 올케가 아참, 소리를 내며 일어섰다.

“형님도 젓갈 좋아하면 이거 좀 덜어 가세요. 민우 아빠가 멸치젓 두 병을 샀는데 한 병은 어머니 드시라고 가져왔네요.”

멸치젓은 좋아하지만 내 몫으로 사 온 게 아니라서 사양하고, 민우한테 내 가방을 가져오라고 했다.

“츠바사다. 이건 내가 찜했다.”

“난 사각사각.”

만화책을 받아 든 민우와 민재가 좋아라고 뛰었다. 가격을 찾는지 책 표지를 살피던 올케가 빈 그릇을 거두는 엄마를 말리며 고무장갑을 꼈다. 올케한테 설거지를 맡기고 안방에 들어갔던 엄마가 십여 분이나 지났나, 죽그릇을 들고 나왔다.

“시작했는가배.”

엄마는 텔레비전 앞에 자리를 잡았다. 사람이 늙으면 변하기는 변하는 모양이었다. 세상없어도 남편 공경을 열 일 제치고 고수해온 엄마가 드라마를 놓칠까 봐 반 넘어 남긴 죽그릇을 들고 나온 걸 보면.

"에그, 남의 눈에 눈물 내면 지 눈에는 피눈물 나는 거 모르나."

자기 아들이 사귀는 노처녀에게 막말을 퍼부어대는 여자를 보며 엄마가 끌끌 혀를 찼다. 자식 눈에는 피눈물을 냈어도 남들한테서는 미륵보살 소리를 듣는 엄마였다. 오늘따라 자꾸 어깃장을 놓고 싶은 심사를 누르며, 바지 주머니에서 진동음을 내는 휴대폰을 꺼내 들었다. 발신번호를 확인하고 좀 망설이다가 전화를 받았다.

"응, 왜?"

귀찮아하는 기색이 느껴졌는지 영세가 좀 머뭇거리다 말을 꺼냈다.

"어, 보니까 들어가고 없어서요."

"지금 어딘데?"

수화기를 통해 웃음소리가 들리는 게 바로 옆에 누가 있는 것 같았다. 신경 쓸 거 없이 내 편한 대로 살면 그만이다 싶지만, 책대여점도 이웃장사다 보니 사람들 입에 자꾸 오르내리는 게 찜찜했다.

"슈퍼 앞이요. 여기 형님이 삼겹살을 말로 내놨네. 팬시점도 와 있고 같이 한잔하는 중이구마는."

평상에 모여 앉은 이들 가운데 하나가 늙은 애인한테 전화해 보라고 부추긴 게 분명했다. 안줏감으로 씹혀도 내가 자초한 거라 할 말은 없지만 은근히 부아가 끓었다. 어떻게 인간이 이렇게 눈치 없고 모자랄 수 있는지. 정색하고 따질 상대도 아니어서 나는 입을 다물었다.

"언제 올 거요? 어, 뭐 그냥 우리 예쁜이 잘 차고 있나 해서. 내가 손을 좀 봐줘야 되는데 말이지."

천박스러운 말투가 거슬려 혀를 차면서도 그의 투박한 손길이 와 닿을 때의 느낌에 아랫도리가 젖어들었다.

"누구? 애인이에요, 형님?"

옆에서 귀를 세우고 있던 올케가 눈을 반짝이며 물었다.

"애인은 무슨."

차라리 정부라고 하는 편이 어울릴 터였다. 처음에는 사람들 눈치를 보느라 용달차를 끌고 바깥으로 나가기도 하고, 식당 같은 데 가서 적당히 술기가 돌기를 기다렸다가 여관을 찾아들었는데 돈이 너무 많이 들었다. 요즘은 내가 가게를 닫고 집에 가 있으면 영세가 귤 서너 알과 상가 슈퍼에서 산 맥주를 비닐봉지에 담아 들고 와서 초인종을 눌렀다.

"뿌셔뿌셔 먹고 싶다."

텔레비전 앞에 앉아 있던 민우의 말에 민재도 콘을 사 달라며 올케한테 달라붙었다. 금방 저녁상 물리고 무슨 과자 타령이냐고 잔소리를 할 줄 알았던 엄마가 가는 김에 시원한 맥주도 사 오라며 올케한테 만 원짜리 두 장을 내밀었다. 기호가 윗도리에서 지갑을 꺼내 들고 올케를 따라나섰다.

"니는 요새 장사는 그냥저냥 되제?"

죽그릇을 들고 부엌으로 들어갔던 엄마가 내 가방을 갖고 나오며 물었다. 무얼 또 그렇게 넣었는지 한쪽으로 밀어놓은 가방이 불룩했다.

"그렇지요, 뭐."

"하루 세끼 먹고사는 벌이만 되면, 크게 욕심낼 거 없다."

크게 욕심내 봐야 만화 빌려 가는 학생들이 주 고객인 여섯 평짜리 책대여점이었다. 한 달에 두 번 쉬고 가게를 열어두어도 관리비니 월세니 국민연금이니 해서 빠져나가고 나면 통장에 남는 돈은 빠듯한 생활비 정도였다.

"크게 벌려놓으면 나가는 것도 많은 갑더라. 앞으로 벌고 뒤로 빠지는 게 사업이라더마는."

기호가 지금 하고 있는 일이 인테리어 용품을 취급하는 거라는 건 나도 알고 있었다. 전에 올케한테서 백화점을 끼고 주방용품을 할 때가 나았다는 소리를 들었던 것도 같았다. 대문간에서 조카들이 떠드는 소리가 들리고 기호가 묵직한 마트 봉지를 들고 들어왔다.

"이 집 말이다."

올케까지 가세해 비워낸 맥주병 수를 세는가 싶던 엄마가 내 눈치를 보며 입을 열었다.

"명의를 기호한테 넘기야 안 될라. 니야 혼자 몸이지만도 야아는 딸린 식구가 몇이고."

아버지가 젊었을 때 일꾼을 사서 직접 지은 두 채의 집 가운데 한 채는 이미 기호 앞으로 되어 있었다. 근방에 아파트 단지가 들어서면서 땅값이 올라 기호가 살고 있는 집 정도면 3억은 나갈 거였다.

"호적에서 나 같은 년 아예 지우겠다고 했잖우. 그랬으면 물을 것도 없을 텐데, 왜."

통명스러운 내 말을 기호가 앞서 받았다.

"누나가 사정을 잘 몰라서 그러는데 사실 내가 아버지하고 연대보증으로 두 집을 담보 잡히고 돈을 좀 끌어썼거든. 이게 한 달 이자만 해도 만만찮아. 좋은 게 좋다고 나도 이 집 명의는 누나 앞으로 해버리고 싶지. 문제는 내가 이자를 제때 못갚으면 누나까지 신용불량자가 되는 거라."

옆에서 고개를 끄덕이던 엄마가 말을 보탰다.

"원금하고 이자까지 갚고 나면 이 집을 팔든가 건넛집을 팔든가 아무튼지 니자테도 나눠줄 거라 안 하나."

작년에 부도가 날 거니 어쩌니 했던 기호가 부부동반으로 한 달간 유럽을 돌고 온 걸 알았을 때도 엄마는 사업하는 사람은 바깥바람도 쐐야 된다며 기호 역성을 들었다.

"나한테도 나눠줄 거라고? 그럼 나는 기호 네가 던져주는 푼돈을 감지덕지 받아야겠구나."

내 대답이 거슬렸던지 올케가 거실 바닥에 엎드려 만화를 보고 있는 조카들한테 성질을 부렸다.

"그렇게 가까이 보면 눈 나빠진다고 엄마가 말했지?"

제 엄마의 느닷없는 호통에 놀란 민재가 몸을 뒤집으며 소리를 질렀다.

"아홉 시 넘었잖아. 아홉 시 넘었어."

"아홉 시 넘었으면 왜? 귀신이 와서 너 잡아먹을까 봐?"

발을 뻗대고 뒹굴던 민재 발에 차여 빈 술병이 마루에 쓰러졌다. 민재가 울면서 선생님이 아홉 시에 잠자리에 들라고 했다며 소리를 질러댔다.

"애들 데리고 먼저 가. 나는 간만에 누나도 만났으니까……."

기호가 올케더러 이르고는 냉장고로 가서 맥주 두 병을 더 꺼내 왔다.

"니는 자고 안 가고, 또 그냥 갈 거라?"

부엌방에서 약사발을 들고 나온 엄마가 생각난 듯 물었다. 가봐야지, 하는 내 대답에 엄마도 더는 입을 떼지 않고 안방으로 들어갔다.

"아버지도 저러시고 아무래도 내가 여기 들어와야 할 것 같아. 지금 집은 전세로 내놓든지 해서 돈을 좀 돌려 쓰고……."

기호가 새로 딴 병을 거의 혼자 다 마시고는 말을 꺼냈다. 나도 모르게 풀썩 웃음이 새어 나왔다. 너한테는 사는 게 참 쉽구나, 싶었다.

"왜? 내가 여기 들어온다니까 우스워? 나 권기호, 법률상으로 이 집 자식이야. 장남에다 상주 될 몸이라고."

"잘났다."

기호가 손등으로 입에 묻은 거품을 닦아내며 나를 노려봤다. 나는 밉살스럽게 빈정거렸다.

"근데 어쩌냐, 법률상 나도 자식인데."

"누나야 머 진짜 자식이지."

"버림받은 진짜 자식?"

"웃기지 마."

기호가 버럭 소리를 질렀다.

"버림받기는 누가 버림받았다고 그래. 버린 걸로 치면, 누나가 우릴 버린 거지. 누가 등 떼민 거 아니잖아."

그래, 등 떼민 건 아니지. 나는 고개를 주억거렸다. 이십 년 전에 나는 집을 버리고 나왔다. 이 집을 버리면서 나는 기호 역시 나처럼 이 집을 버리고 나올 거라고 생각했다.

"나, 여기 일곱 살 때 왔어. 일곱 살짜리가 뭘 알까 싶지? 아무것도 모를 거 같지? 근데 안 그렇더라. 엄마도 잘해주고 아버지도 잘해주는데, 다 알겠더라고. 잘해주는 건 잘해주는 거고, 미운털은 미운털이더라. 너, 아냐? 미운털이 박힌 채 사는 게 어떤 건지 아냐고."

"알아."

티눈처럼 박인 미운털이 어떤 건지, 피가 뚝뚝 흐를 정도로 잘 알았다.

"누나가 나가지 않았으면 내가 나갔을지도 모르지. 누나는 안 믿겠지만, 가방 싸놓고 나도 며칠을 고민했어."

나는 기호를 빤히 쳐다보았다.

"안 믿겠지."

"며칠을 고민하다가 결국 남은 거네?"

"그래, 남기로 했지. 왜냐, 내가 바로 이 집 장남이니까."

주정을 하듯 웅얼거리며 기호가 나를 쏘아보았다. 핏발이 선 눈빛처럼 말투에도 날이 섰지만, 기호가 세우는 날은 무르고 무뎠다.

"나는 말이지. 이 권기호는 장남이니까 끝까지 개기

면서 살아야겠다 작심을 했지. 내가 이 집에서 엄마 아버지 모시고 산다. 그게 장남이 할 도리다. 너 집 나가고 내가 작심을 했다니까. 지금까지 그 생각은 변함이 없어. 왜? 내 말이 안 믿겨? 내 말이 마음에 안 들어서 그래?"

멀쩡한 것 같더니 갑자기 술이 오르는 모양이었다. 횡설수설인 기호를 보고 있다가 나는 들고 있던 잔을 상 위에 내려놓았다. 서로 억울함을 겨루면서 멀리도 왔구나 싶은, 뭔가 견딜 수 없이 우습고, 허망한 기분이었다. 아니라고 해도 늙어가는 엄마와 병든 아버지를 보면서 단단하게 걸어두었던 마음의 고리가 헐거워지는 것은 어쩔 수가 없었다. 문득문득 나는 미운 엄마의 굽은 등을 끌어안고 싶었다. 딸은 내 자식이 아니라 남의 집 자식이라는 헛소리를 입에 달고 살면서 어린 마음에 상처를 준 것이 미안하다는 아버지의 뒤늦은 고백이라도 듣고 싶었다. 나는 이제 그만 그들을 용서해버리고 싶었다. 약한 꼴을 보이는 기호보다 내가 먼저 무너져버릴 것 같았다.

"아직 이 집에서 우려먹을 게 남았나 보네."

나는 일부러 말을 모질게 뱉고는 자리에서 일어섰다. 갑자기 기호가 내게 달려들어 목을 감았다.

"못된 계집애. 아직도 나를 날아온 돌로 여기는 거, 내가 모를 줄 알아?"

"이 손 치워."

"못 치워. 떼낼 수 있으면 네가 한 번 떼내 봐."

나는 가슴을 움켜쥐는 기호의 손을 끌어당겨 이를 박고서 힘껏 물어뜯었다. 비명을 지르며 펄쩍펄쩍 뛰던 기호가 내 어깨를 잡고 쓰러졌다. 난데없는 소동에 엄마가 방에서 나올까 봐 기호와 나는 마룻바닥에 엎드린 자세로 숨을 죽인 채 서로를 노려보았다. 안방에서 아무 기척이 없는 것을 확인하고 난 기호가 한숨을 내쉬곤 열없이 웃었다.

"미친 새끼."

나는 일어서서 옷에 묻은 땅콩껍질을 털어내고 가방을 챙겨 들었다. 웃는 건지 우는 건지 나한테 물린 손가락을 감싸 쥐고서 낑낑거리던 기호가 나를 쳐다보며 말했다.

"진작 이러지. 진작 이랬으면 좋았잖아."

기호가 한 뭉치나 되는 열쇠꾸러미를 꺼내 현관문과 대문을 열쇠로 잠그고 내 뒤를 따라왔다. 골목을 울리는 발자국 소리에 술이 깨는 느낌이었다.

"그냥 가. 나는 기다렸다 타고 갈 테니."

"그냥은 못 가지."

밤기운이 차가워 어깨를 움츠리고 서 있는 내 옆에서 기호가 지나가는 택시를 향해 손을 흔들었다. 택시가 와서 멈추자 기호가 내 등에 대고 풀죽은 소리를 했다.

"명의 바꾸는 거 미안한 거 아는데, 누나가 한 번만 이해해주라."

나는 차에 올라탄 뒤 기호를 보며 말했다.

"사람 독이 더 무서워. 가서 바로 소독하고 약 사 먹어."

다친 손을 오므린 채 우두커니 서 있는 기호를 창 너머로 보다가 나는 고개를 돌렸다.

기호가 이복동생이기라도 했다면, 나는 물론 그러지 않았을 것이다. 교통사고로 부모를 잃은 기호를 거둔 것으로도 모자라 호적에까지 버젓이 아들로 올린 아버지를 나는 이해할 수 없었다. 아버지는 기호를 문중행사에 데리고 다녔고, 집에서도 친딸인 나보다 기호를 대우했다. 죠다쉬 청바지도 나이키 운동화도 기호에게 먼저 사 주었다. 칠촌 조카를 양자로 들이면서 일가친척 사이에서 칭송을 듣고 싶어 했던 아버지를 나는 용서할 수가 없었다. 마땅히 외동딸인 내가 차지해야 할 것들을 거두어 기호에게 안겨준 아버지에게, 아버지가 시키면 시키는 대로 따르는 엄마에게 대가를 치르게 하고 싶었다.

기호와 나는 남녀공학인 B고등학교에 다녔고, 모의고사를 쳐서 일찍 돌아온 집에는 우리 둘뿐이었다. 전날 밤샘으로 몸이 찌뿌드드해 샤워를 하고 나오던 나는 계단을 오르려다 말고 기호를 돌아보았다. 엄마 아버지가 없는 집에서 집주인이라도 된 듯 마루에 대자로 누워 있는 기호가 눈꼴 시렸다. 화실에 보내달라고 내가 그렇게 졸라도 들은 척을 안 하던 아버지가 기호한테는 영어와 수학뿐 아니라 국어까지 과외를 시켜주었다.

"늘어진 걸 보니 이번엔 성적이 좀 나왔나 보네? 하긴 돌이라도 그 정도 돈을 갖다 썼으면 성적이 나오겠다."

얼굴을 덮고 있던 무협지를 치우고 인상을 긋던 기호의 표정이 어색하게 굳었다. 기호의 눈길이 내 티셔츠

위로 봉긋 솟은 가슴께에서 흔들리는 걸 보며 머릿속에 전구 하나가 켜졌다.

"니네 반 오늘 단체 미팅한다던데 넌 빠졌냐."

나는 기호 옆구리를 발로 찼다.

"이게 진짜."

기호가 벌떡 일어나 앉으며 내 발목을 잡아챘다. 마루에 무릎을 찧고 넘어진 나는 계속 입을 놀렸다.

"넌 줘도 못 한다며. 아버지 무서워서 아무것도 못 하는 병신."

내 얼굴에 침이라도 뱉고 싶은 표정인 기호를 빤히 쳐다보며 나는 이를 보이며 웃었다. 그날 밤 기호가 내 방에 들어왔을 때 나는 엄마 아버지가 나한테 한 것만큼 똑같이 갚아주겠다고 다짐했다.

"시발, 발목 잡힌 건 나야. 네가 아니라 나란 말이야."

그날 밤 기호는 내 배에 엎드려 욕설을 퍼부어 댔다. 피가 섞이지 않은 남이라는 걸 확인시켜주기 위해 나는 기호를 물어뜯을 듯 끌어안았다.

안방에 불이 꺼지기를 기다려 기호가 이 층 내 방으로 찾아들곤 했던 여름 끝 무렵 엄마가 내 방에 이부자리를 갖고 왔다. 눈을 감고 죽은 듯이 누워 있는 엄마 옆에서 나는 확신했다. 결국은 기호가 이 집에서 나가버릴 것이다. 친자식인 양 양자를 거두는 역할에 심취했던 엄마 아버지의 정성에 물을 끼얹는, 막돼먹은 양자 노릇을 할 것이다. 그렇게 믿었다.

학력고사를 치르고 돌아오던 날 버스를 기다리며 나는 천천히 손가락을 꼽았다. 5개월째였다. 나는 내 뱃속에 뿌리내린 이 덩어리야말로 엄마 아버지한테 가장 완벽한 자식일 거라는 말을 해주고 싶었다. 엄마는 반벙어리처럼 꺽꺽 소리를 내며 내 머리채를 휘어잡았다.

"나가 죽어라."

나는 엄마 아버지를 용서하고 싶지 않았기 때문에 죽을 수가 없었다. 엄마가 아버지한테 대학 등록금 날짜를 앞당겨 말해 얻어낸 돈으로 낙태를 하고 나자 자취방 얻을 돈이 남았다.

극장 매표소를 거쳐 시외버스 터미널에 있을 때였다. 배낭을 메고 다가선 기호는 창구 너머로 눈이 마주치자 과 친구들이랑 엠티 가는 길이라며 묻지도 않은 말을 더듬거렸다. 기호가 진주행 버스에 올라타는 걸 보고 나서 나는 바로 사표를 냈다. 어떻게 수소문을 했는지 이듬해, 아버지가 내 자취방을 찾아왔다. 대문 밖으로 기호가 서 있는 게 보였다.

"안 갑니다. 저는 여기서 사는 게 편해요."

집으로 돌아가자던 아버지는 내 등 뒤로 눈길을 던졌다. 방에서 나오지도 못하고 어정쩡하게 서 있는 남자를 쏘아보던 아버지가 잠자코 뒤돌아섰다. 앞으로는 집 쪽으로 고개도 돌리지 마라. 노한 음성을 뱉고 갔던 아버지가 다시 나를 찾아온 건 지지난해 5월, 이 무렵이었다. 역시 기호를 앞세우고서였다. 가게 앞에 세워둔 입간판을 보고 있는 아버지는 아주 상늙은이가 되어 있었다.

"나이가 있는데 언제까지 이렇게 혼자 살 거냐."

등받이 없는 의자에 앉아 대여점을 둘러보던 아버지가 뚜벅 입을 열었다.

"이렇게 혼자 사는 게 어때서요."

이렇게도 못 살면 죽으면 그만이었다.

"세상에는 이치라는 게 있다. 내 마음에 차든 안 차든……."

예전에 기호를 앞에 앉혀두고 이런저런 훈계를 늘어

놓았던 것처럼, 아버지는 나를 앞에 놓고 입을 열었다. 나는 모니터를 보며 의미 없는 클릭질을 계속했다.

"니 조부가 나를 받아들인 게 내 나이 열여섯 살 때다. 가산 털어먹은 노름꾼 자식이라고 하나같이 내 등에 대고 손가락질했다. 집안 대소사에 빠짐없이 참석해도 먼저 말 걸고 술 한 잔 쳐주는 동기가 없었다. 혼자 삭이고 잊었다. 살면서 원망 한 번 비친 적 없다. 그렇게 살다 보니 그게 이 애비 마음이 되더라. 사람 사는 법도가 그런 거다."

사람 사는 법도가 과연 그런 거라면, 나는 굳이 사람으로 살고 싶지 않았다.

"내리 양자를 세웠어도 아무도 우리 집에 입을 못 댄다. 저들도 보는 눈이 있을 긴데 어데라고 입을 대겠노."

그러니 좋으시겠습니다, 아버지는. 컴퓨터 모니터에 코를 박은 채 나는 아버지가 하는 말을 듣고만 있었다. 할 말이 없었다. 할 말이 있다 해도 하고 싶지 않았다. 딸자식을 집에서 내보낸 게 이십년 전이었다. 아버지는 내게 어떤 자격도 없었다. 나는 아버지가 일어서길 기다렸다. 아버지는 치매노인처럼 멍한 눈빛이 되어 일어섰다. 가게 유리문 밖에서 서성거리던 기호가 들어와서 아버지를 부축했다. 며칠 뒤 기호한테서 전화가 왔다. 아버지가 뇌졸중으로 입원하셨다고 했다.

병원으로 찾아가지는 않았다. 일가친척들의 병문안이 이어지고 있다고 기호가 전했다. 퇴원 후 아버지는 성한 오른손으로 지팡이를 짚고 왼발을 끌면서 마당을 오가거나 햇볕이 잘 드는 거실 소파에 앉아 하루를 보내는 모양이었다. 가래 긁는 소리를 끌어올리는 것으로 식구들한테 못마땅한 기색을 드러내는 아버지에게 절절매는 건 이제 엄마가 아니라 기호였다. 지금 와서 보니 기호가 빚진 사람 모양 굴었던 데는 이유가 있었던 것이다. 나는 기호한테가 아니라 아버지에게 화가 치밀었다. 반신 마비로 손발을 떨고 말은 어눌해도 정신은 말짱해 보이던 아버지가 집 두 채를 고스란히 은행 담보로 잡히도록 손을 놓은 채 있었다니. 조선시대를 사는 양, 허섭스레기 같은 족보를 깔고 앉아 근본을 세우노라 했던 아버지는 결국 저렇게 늙어 허수아비가 되어 있었다.

열아홉 나이에 집에서 뛰쳐나온 뒤로 나는 아들딸 구

색 맞춰 남들 앞에 나서는 가족을 상대하다 보면 이내 피곤해졌다. 결혼을 서두르던 남자들은 동거하다 싫증 나면 헤어지자는 나를 무슨 사이코 대하듯 하다가 제풀에 떨어져 나갔다. 몇 번의 동거를 거치며 나이가 들다 보니 혼자 지내는 기간이 점점 길어졌다. 또래 여자들보다 내가 더 늙어 보이는 건 필시 무리하게 인공유산을 해댄 탓이지 싶었다. 엄마와 달리 나는 조심을 해도 아이가 잘도 들어섰다. 서른다섯에 자연 유산을 한 후로는 지금까지 아이가 들어서지 않았다. 얼굴에 자잘한 모반이 앉으면서 티눈이 생기기 시작한 게 아마도 뱃속이 기덜 나버린 그즈음부터였던 것 같다.

아파트 입구에 택시를 세우고 불 꺼진 상가를 지나오면서 보니 평상 위에 소주병과 구겨진 신문지를 뭉쳐놓은 게 보였다. 술판을 벌이고 나면 으레 그러듯 노래방으로 몰려간 모양이었다. 캄캄한 거실로 들어와 불을 켠 뒤 나는 바로 화장실에 들어갔다. 멸치회와 맥주로 거북해진 속을 달래며 양치질을 하는데 초인종이 울렸다.

"집에 갔다더니만 한잔 걸친 얼굴이요?"

영세가 화장실로 따라 들어오더니 세수를 하는 내 옆

에서 바지 지퍼를 내렸다. 오줌 줄기를 길게 쏟아내며 영세는 뭐가 좋은지 혼자 킬킬거렸다.

"팬시점 누님 열 받았을 거구만. 줄레줄레 따라 나왔는데 내가 이 라인으로 쏙 들어서 놓으니……. 노래방으로 다시 들어가기도 뻘쭘할 거 아뇨."

나는 화장실에서 나와 얼굴을 닦으며 영세가 내 집에 다시 발을 들여놓게 하지 않겠다고 마음을 굳혔다. 올 때마다 내 방과 마루에 발 냄새를 남겨놓는 것도 불쾌하고 짜증 났다.

"오늘은 그냥 가. 피곤하고 기분도 좀 그래."

영세가 고개를 젓더니 나를 잡아당기고는 숨이 갑갑해질 정도로 끌어안았다. 목덜미에 스치는 그의 콧김에 메슥거리던 속이 좀 가라앉는 느낌이었다. 방에까지 발 고린내를 묻히기 싫어 나는 그 자리에 주저앉으며 영세의 바지에 손을 갖다 댔다. 어째서 나는 영세처럼 단순하고 무식한 남자들 앞에서 쉽게 무너지는지 스스로도 이해할 수 없었다. 아얏! 비명이 새 나왔다. 혁대를 끄르다 티눈을 건드리자 라이터 불처럼 통증이 켜졌다. 파닥파닥 통증이 살아나는 손가락을 움켜쥔 채 잠시 눈을 감고 있다가 영세의 손놀림을 따라 살아나는 내 몸의 반응에 매달렸다. 그를 떼버리겠다는 좀 전의 결심을 얼핏 떠올리며, 그런 자신이 한심하고 지겨워 진저리를 치며, 내 몸을 눌러대는 상대를 가두고 싶어 안달하며 나는 단단하게 발기된 성기에 매달렸다.

관계를 하고 나면 빨리 돌아가 주기를 바라는 걸 영세도 알고 있었다. 티셔츠를 꿰입고 일어선 영세가 바지 주머니를 뒤졌다.

"살리실 뭐라던데, 요걸 6000원이나 받아먹네."

나는 티눈 연고와 박카스 한 병을 받아들고 영세를 쳐다보았다. 상가 사람들이 흉을 잡는 대로 나도 한물가기는 간 모양이었다. 앞으로는 여기 오지 말라는 말 대신 나는 엉뚱한 소리를 지껄이고 있었다.

"티눈 없애는 게 어떻게 애 떼는 것보다 더 힘들어."

현관을 나서던 영세가 내 말에 코웃음을 쳤다.

"아따, 우리 책방 누님 똑똑한 줄 알았더만. 애야 낳아만 주면 어디로 가도 지 새끼지만 티눈이야 어디 그러우? 남의 살에 붙어 있어야 지가 사는데 공으로 떨어지겠수."

영세를 내보내고, 나는 그의 발소리가 멀어진 한참 뒤에까지 현관문 곁에 우두커니 서 있었다. 손가락에 남아 있던 뜨끔한 통증이 가슴에 날아와 박힌 것처럼 욱신거렸다.

'내가 이 집 장남이고 나도 가족이거든. 한 가족이니까 끝까지 개길 거라 이거야.'

기호의 말이 가슴 한복판에 티눈처럼 박였다.

아침에 잠이 깨어 화장실 변기에 앉아서 손가락을 펴 들었다. 티눈 자리가 연해져 있었다. 전에도 몇 번 약국에서 산 연고를 발라봤는데 이번에는 좀 달랐다. 연고를 발랐던 부분이 하얗게 변한 게 잘만하면 떨어져 나갈 것도 같았다. 욕탕에 물을 틀어놓고 나와 갈아입을 옷을 챙기는데 전화가 울렸다. 엄마였다. 시계를 보니 여섯 시였다. 기가 찼다.

"왜요? 기호가 전화해서 당장 확답을 받아 달래요?"

기호 일이 걱정돼 첫새벽에 전화를 걸어왔나 싶자 말이 사납게 나왔다.

"엄마는 대체 왜 그래? 어쩜 그렇게 기호 편만 들어? 어쩌면 그렇게 끝까지……."

나는 말을 하다 말고 입술을 깨물었다.

"아이고 야야, 그기 아이고 말다."

"아니긴 뭐가 아냐. 짐승도 제 새끼는 싸고도는데 어떻게 엄마는, 엄마라는 사람이 어떻게 그렇게밖에 못해."

생살을 물어뜯듯, 참았던 말을 토해버리고 나자 몸에서 기운이 다 빠져나가는 거 같았다. 나는 바람 빠진 풍선처럼 구겨지며 무릎을 구부리고 앉았다. 머릿속이 하얘졌다. 모른 척해왔지만 나는 모르지 않았다. 엄마 아버지가 나한테서 빼앗아 기호한테 넘겨준 게 무엇이든, 그건 내게서 빼앗을 수도 넘겨줄 수도 없는 거였다.

"내가 왜 기호한테 다 줘야 되는데? 아버지 돌아가시면 그 집 명의, 내 앞으로 해야겠어요. 기호한테 양보 안 해요. 친딸인 내 명의로 바꾼다고요."

내 속에 뿌리내린 것에 대해 나는 포기할 마음이 없었다. 포기할 권리가 내게는 없었다.

"그기 아이라 카이. 그기 아이고, 니 아버지가 새벽같이 날로 깨우더마 그라네. 니 티눈 말다. 담뱃재를 종이로 말아갖고 거기다 불을 붙여보란다. 뿌리를 태워야 낫는다 카메. 거 뜨거워서 우째 하겠노마는."

전화기를 귀에 댄 채 나는 엄마가 주절주절 일러주는 말을 듣고 있었다.

"야야, 니 어매 말 듣고 있나?"

나는 쪼그려 앉은 자세로 물에 분 듯 쪼글쪼글해진 손가락을 들여다보았다. 티눈 자국이 벌어져 검은 점같이 보이는 구멍이 또렷이 보였다.

"아, 몰라, 됐어요. 그까짓 말도 안 되는 얘기나 하려고 아침부터 전화야. 그러고 아버지 말을 엄마가 무슨 재주로 알아들었다구."

"내, 다 알아듣는다. 내가 우째 살았노. 이 집구석에서 내가 수십 평생을 살았다. 눈치는 하마 밥 말아 먹었겠나."

어릴 때 내 등을 마구잡이로 내리칠 때처럼 엄마가 속에 담은 말들을 나한테 쏟아놓고 있었다.

"옥아, 내 다 안다. 내가 우째 살았는데, 말을 한다고 알고 말을 안 한다고 모르겠나. 내 다 안다. 내 다 알고 말고."

아무짝에도 쓸모없다던 딸한테 늘어놓는 엄마의 목소

리가 욕탕 물이 차서 넘쳐흐르는 소리에 섞여들었다. 뱃속이 쿨렁거리며 내 몸속 어딘가 단단히 박혀 있던 뜨거운 덩어리가 치밀어 올라왔다.

바리의 세월

검버섯이 덮인 얼굴을 들어 바리는 멀리 능선을 더듬었다. 짊어진 배낭이 등에 묵직하게 얹혀 왜소한 몸피가 금세라도 무너져 내릴 듯 보였지만 바리는 뚜벅뚜벅 걸음을 내디뎠다. 문을 닫아 건 가게 앞을 지나 한 십오 분 걸어 올랐나, 연광사 앞 갈림길에서 바리는 왼쪽 골짜기로 걸음을 잡았다. 저수지 둑 쪽으로 난 길이 수월키는 해도 웬 노파가 엄동설한에 혼자 산을 타는 건가 힐끔거릴 등산객들 눈길이 성가셨다. 골짜기는 저지난해 산사태로 한 폭이나 쓸려나가면서 다리가 끊긴 터라, 바리는 얼음이 박힌 계곡을 용쓰며 올랐다.

길이 이래 끊길 것이면 인연도 하마 끊기겠제, 휘여. 골짜기를 벗어나자 저만치 도덕암 입구가 보였다. 버석거리는 잎이 부대끼는 소리가 사방으로 흩어지면서 희미하게 목탁 소리가 들려왔다. 도덕산 발치 안계마을을 찾아 깃든 지 십여 년, 산자락을 훑고 골짜기를 뒤지며 바리는 약초를 담은 배낭이 늘 면구스러웠다. 돌탑이 보이자 얼른 합장을 하고는 누가 볼세라 몸을 돌렸다.

생전에 무슨 공을 들였다고, 염치도 없다 할라.

혼잣말로 타박을 놓으며 바리는 시적시적 걸음을 옮겼다. 염치없는 것도 집안 내림이라고 시부렁거리던 외아지매 목소리는 수십 년 저쪽인데도 신통할 만치 생생하게 귓전에 와 얹혔다.

머리 검은 짐승 거두는 게 아니라 하더마, 내 팔자야.

외아지매 발밑에 쪼그린 채 정지바닥에 흩어진 짠지를 보시기에 주워 담던 바리는 여섯 살이었다. 엄마를 찾을 때마다 잠지도 못 달고 나온 년이라고 바리의 머리를 쥐어박던 외할매가 돌아가시자 그런 천덕꾸러기가 없었다. 외할매가 살아 있을 때는 그래도 배를 곯지는 않았다. 외아지매는 바리의 숟가락질이 잦아질라치면 방바닥에 놓아두고 함께 먹던 밥바가지를 자기 무릎 앞으로 홱 당겨놓곤 하였다.

물 긷고 빨래하고 뙤약볕에 나가 밭일을 하며 일 년 열두 달을 종종거리면서 제대로 먹지를 못해 바리는 나이가 차도 처자 꼴을 갖추지 못했다. 업어 키운 외사촌 동생들은 바리를 부엌데기 취급했다. 어쨌거나 부모가 내버리고 간 핏덩어리 거둬 이만치 키워준 은혜를 잊으면 못쓴다고, 마실 나온 아지매들이 터지고 갈라진 손등을 쓰다듬을 때면 바리는 저도 모를 감정이 왈칵 밀려와 고개를 돌려버렸다. 바리는 벙어리마냥 입을 닫아 걸고서 집안일에 밭일에 매달려 소처럼 지냈다. 그 무렵 난리가 터졌다고 온 마을이 술렁거렸다.

인민군이 내려온 이듬해 여름, 안계마을에서도 간간이 총소리가 울렸다. 안강읍을 사이에 두고 이쪽저쪽 산에 진을 친 국군과 인민군이 큰 싸움을 벌일 거라는 말이 돌았다. 싸움이 벌어지는 동안만 피해 있을 작정으로 마을을 떠나는 사람들 틈에서 바리는 외아재가 밀고 가는 달구지 뒤를 따랐다. 영천아재 집으로 가던 길에 거기서 나오는 사람들을 만나자 외아재는 줄레줄레 달린 식구들을 끌고 달구지를 틀었다. 대구까지 몇날 며칠 논두렁을 걷고 고개를 넘으면서 바리는 힘든 줄 몰랐다.

둑에 들어간들 피할까마는, 그렇게라도 떠나는 것이 좋았제. 후여, 높기도 하다.

돌탑을 지나 한 시간 남짓 걸음을 놓아서야 갈림길이 나오고 자옥산, 천장산을 가리키는 이정표가 서 있다. 바리는 배낭을 내려놓고 페트병을 꺼냈다. 차가운 물이 들어가자 한기가 돌면서 사뭇 몸이 떨려왔다. 무덤 앞을 가리지 않도록 바리는 자리를 옮겨 맨땅 위에 여윈 몸을 주저앉혔다. 벌써 해가 중천이었다.

피란지에서 외아재는 정 주사라는 먼 일가붙이를 찾아 더부살이를 청했다. 화장터 옆 산언덕에서 장의사를 하는 집이었다. 인근 절에서 주문도 받고 이런저런 장의용품을 만들어 파는 일로 품을 필요로 했다. 무장승은 장의 일을 거드는 일꾼으로 체격이 크고 눈이 부리부리한 서른다섯 늙은 총각이었다. 정 주사가 거두어 주기 전 밥을 빌어먹으며 떠돌았던 탓에 혼사가 들어오지 않던 무장승은 안채를 드나들며 바리를 볼 때마다 흥감스럽게 웃었다. 가을이 깊어지자 무장승은 추위를 막아 줄

판잣집을 마련하고는 외아재 앞에 넙죽 엎드렸다.

저한테 주이소. 평생 책임지고 먹이살리겠심더.

당장 먹고살기도 어려운 전쟁통이라, 두 사람은 사모관대와 족두리를 빌려 쓰고 사진 몇 장 찍는 것으로 혼례를 대신했다. 사진관을 나오며 무장승은 바리의 손목을 잡았다.

겁내지 마라. 내가 니를 잡아먹나.

그날 저녁 정 주사가 선심을 써서 지짐도 부치고 고구마도 한솥 가득 삶았다. 소쿠리에 고구마를 담던 외아지매가 바리의 눈이 벌게진 걸 두고서 넌덕을 부렸다.

와, 아배 생각나서? 니 어매 딸 싸질러놓고 죽었다고 들다보도 안한 인사다. 새마누라 얻어 얼매나 잘사는지 모를다만, 똑 부러지게 말해서 니 아배는 아배라 할 수도 없다.

맞니더. 하나 그른 말 아이니더.

고개를 주억이며 바리는 낙엽이 푼푼하게 덮인 길 위로 시선을 밀어냈다. 끌면 끄는 대로 밀면 미는 대로 휘둘려 살아온 세월이 꿈만 같아 바리가 토해 내는 한숨에 허기가 졌다.

외아재네가 고향으로 돌아간 뒤에도 무장승은 바리를 끔찍이 위했다. 거리마다 손을 내미는 거지와 쇠갈고리를 매단 상이군인이 돌아다니고 면사무소에서 나눠주는 구호물자로 입에 풀칠하던 시절이었지만, 장의사는 돈벌이가 좋았다. 외아지매 말마따나 먹는 게 남는 거라고 끼니마다 양껏 먹으면서 바리는 살이 찌고 여자 꼴이 났다. 무장승은 조그만 각시가 어디로 내빼기라도 할까 싶어, 밤마다 그 큰 덩치로 바리를 눌렀다. 무장승이 코를 고는 소리에 놀라 깨는 일이 없게 되었을 즈음 첫딸을 낳았다. 바리가 스물세 살 되던 해였다.

그러구로 살게 내버려둘 것이지, 버린 딸을 뭐하러 찾았을꼬.

어떻게 줄줄이 딸만 나오냐고 무장승이 한 번씩 퉁을 놓기는 했어도 바리 평생에 그때가 호시절이었다. 정 주사는 부부를 믿고 가게를 맡겼다. 무장승은 초상 들어온 집에 쫓아가 있지 않으면 절에서 맡긴 부처상에 금박을 입히며 가게를 지켰고, 바리는 도포를 짓고 난 삼베 자투리를 말라 버선과 악수를 만들고 한 죽 두 죽 짚신을 삼으며 제몫을 했다. 사월초파일 같은 대목에는 등을 접고 꽃을 오리는 일품을 따로 쳐서 봉급에 얹어주어 갓난쟁이까지 네 딸을 먹이고 입히는 데 아쉬울 게 없었다.

귀빠진 날이 돌아와도 예전 같은 눈물자락은 거두었을 무렵 경주에서 아재뻘 된다는 늙은이가 찾아왔다. 오귀양반 죽기 전에 막내딸 얼굴이나 한 번 봤으면 한다고, 찾아온 사연을 밝혔다. 흩어진 연꽃 조각이 어룽어룽 번지는 가게 바닥에 눈길을 떨구고 있던 바리가 천천히 고개를 저었다.

두 눈에 눈물 마르는 거같이 지워질 줄 알았제. 있어도 없는 듯 없어도 있는 듯 고마 다 잊었구나 싶더마는.

늙은이 다녀가고 사흘째 되는 날 바리는 반딧불 같은 둥근 불을 보았다. 평상에 앉아 모기를 쫓다가 퍼뜩 올려다 본 담장 너머로 바리가 본 게 오귀양반 혼불이 틀림없다고 무장승이 전에 없이 알은체하며 속을 긁었다.

오늘내일 한다는데 가봐야 되는 거 아니라? 죽으나 사나 그래도 아밴데.

아배는 무슨 아배.

상주 노릇 못할 딸이라 하여 불러줄 이름자도 일러주지 않고 저를 버린 아배였다. 바리는 칭얼거리는 딸에게 젖을 물리며 입을 앙다물었다. 딸 넷을 낳으면서 어금니가 하나씩 빠져 빼끔해진 입속이 그럴 수 없이 허전했다.

이튿날 해가 기웃할 무렵 사방으로 너른 들이 펼쳐진 양동마을로 세 아이를 걸리고 갓난쟁이를 들쳐업은 바리네 여섯 식구가 들어섰다. 길에서 만난 마을 사람한테 오귀양반 댁을 물으니 언덕배기에 앉은 집을 가리켰다. 고래등같이 덩실한 기와집이었다.

상가에 와 있던 사람들이 바리를 두고서 수군거렸다.

길댓댁이라고, 이 집 딸네들 생모 말이다. 자 놓다가 안 죽었나. 딸내미 보고 갈라고 오귀양반 눈을 못 감고 있는갑다.

본마누라 무덤에 흙이 마르기도 전에 안방에 들였다는 언양댁이 바리를 알아보고 덥석 손을 잡았다.

돌아가시기 전에 한사코 막내딸을 찾더마. 어여 들어가 보소, 어여.

아침나절에 숨을 거둔 양반이 눈을 못 감아 저대로 두었노라는 언양댁의 말을 바리는 짐짓 귓등으로 넘겼다. 한쪽으로 비켜나 엉거주춤 앉아 있던 무장승이 바리 등 뒤에 대고 중얼거렸다.

시신 굳기 전에 수족을 묶어둬야지, 저냥 둬갖고 안 될 긴데…….

이 사람인가. 이 사람이 내 아배인가. 딸내미 기가 세어 남동생 나올 길 막을 거라 지껄인 점바치 말에 핏덩어리 나를 버린 아배인가.

한 사내의 지어미로 자식 넷을 품었던 바리의 뱃속 깊은 데서 칼처럼 날을 세운 바람이 불어쳤다. 허공에 닿아 있는 오귀양반의 죽은 눈이 몸서리치게 낯설어 바리는 제 눈을 먼저 감아버렸다.

어디 보자, 바리야. 부모 가슴에 묻고 지워버린 핏덩어리 내 딸아. 내가 일찍 태몽으로 너를 보고 대 이을 손으로 알았구나. 조상전에 면목없고 문중에 낯을 들 수 없어 내가 너를 버렸다. 불쌍한 내 딸 얼굴 한 번 보자꾸나. 아비의 한을 어린 네가 살았으니 얼마나 고생이 많았을꼬.

육친의 정이 그리워 달려온 길이 아니라고 마음을 벼르고 별렀건만, 바리는 제가 겪은 설움을 그예 아배의 입으로 듣고 싶었던 것이다.

내 전생에 무슨 죄를 그리 지었을꼬. 이생에 지은 죄는 또 얼매나 크고 깊을런가.

낙엽길을 벗어나 주변을 둘러보던 바리가 발길이 묶인 듯 서서 이마를 짚었다. 어지럼증이 일면서 잠시 앞뒤 사방 분간이 아득했다.

휘여, 어디로 얼마만큼이나 더 가야 닿을라노. 멀기도 멀다.

버린 딸의 손으로 눈을 감긴 오귀양반 상을 치르고 바리 가족은 양동천이 흐르는 마을을 뒤로했다. 염장이 제부가 남우세스러웠던지 위로 여섯 언니들이 잡는 시늉조차 삼가는 것을 마음에 새기지 않으리라, 서둘러 나섰던 게 혈육지간에 마지막이 되었다.

대구 판잣집에 돌아와 바리가 애들을 재우는 동안 무장승이 가게로 나가보니 생각도 못한 날벼락이 부부를 기다리고 있었다. 부부가 경주로 가기 전날 궤짝에 넣어둔 돈이 없어졌다며 정 주사가 목에 핏대를 세웠다. 금박 입힌 부처를 절에 넘기고 받은 돈을 정 주사 보는 앞에서 궤짝에 넣은 건 무장승이었다.

무슨 낯으로 기어들어 왔노. 믿는 도끼에 발등 찍힌다

더만, 니가 가만 보이 은혜를 원수로 갚을 눔이다. 확 넘겨버리고 싶은 맘이 굴뚝 같지만도 딸린 얼라들이 불쌍해서 봐준다.

무장승은 그 자리에서 등을 떠밀려 나왔다. 정 주사 앞에 머리를 조아리고 죽어도 그런 짓을 한 적 없노라 매달려도 소용이 없었다. 언감생심 훔쳐 가는 것을 봤냐고 따지고 들 수도 없는 노릇이었다. 밥을 먹다가도 잡혀가고 잠을 자다가도 끌려가는 세상, 정 주사의 심기를 건드렸다가 쇠고랑이라도 차게 되면 뼈도 못 추릴 터였다. 몇날 며칠 방구들이 꺼져라 내쉬는 한숨 소리에 옆에서 눈치만 살피던 바리가 나서서 짐을 꾸렸다. 소문이 퍼져 인근에서 일자리를 구하기는 글렀고, 손을 놓고 앉아 정 주사의 오해가 풀리기를 기다릴 처지도 아니었다.

말이 쉬워 한평생이라. 사람으로 나서 사는 게 그냥저냥 살아지는 게 아니제.

내내 등을 대고 살 줄 알았던 정 주사한테서 떨어져 나오자 무장승이나 바리나 세상살이 해망쩍기가 그런 무지렁이들이 없었다. 학생들이 떼를 지어 몰려다니며 관공서에 불을 지르고 군인들이 지프차를 타고 다니던 시절을 바리 가족은 역전 근처 여인숙과 쪽방촌을 돌며 살았다. 대구에서 밀양으로, 밀양에서 부산으로 공사판을 쫓아다니면서 무장승은 술을 입에 대기 시작했다.

힘이 들었겠제. 어둑한 마누라에 철없는 자식들 저 하나 바라보고 있었으니 그 속이 오죽했을까.

일당을 한푼 남기지 않고 말술을 마시고 와서는 술을 더 가져오라며 패악을 부려대던 무장승은 그 좋던 덩치가 몇 년 새 아주 골병이 들었다. 오늘은 또 얼마나 술을 먹고 들어와 행패를 부려댈는지, 바리는 바리대로 애들을 씻겨서 재우고는 대문간에 귀를 기울인 채 저녁마다 콩닥거리는 가슴을 쓸어내렸다. 부술 것도 없는 세간을 집어던지고 주먹을 휘둘러대다 제풀에 곯아떨어지던 주사에도 지쳤는가. 늙어가며 정신을 차리나 싶더니, 가슴과 등짝으로 푸르죽죽한 반점이 번지면서 무장승은 덜컥 자리에 누워버렸다.

무장승은 해를 넘기지 않고 죽었다. 오십 평생을 살다 가며 어디 한 군데 부고 낼 곳 없는 인생이 하도 기가 막혀 바리는 넋을 놓고 있다가 벌떡 일어섰다. 딸들을 방안에 앉혀두고 큰길까지 고꾸라지듯 달려 내려가서는 동래 역전을 서성이는 지게꾼을 불렀다. 사람들 눈을 피해 한밤중에 올라간 뒷산에다 무장승을 묻고 내려온 바리는 날이 새자 이삿짐 보따리를 쌌다. 무장승을 실어 옮겼던 지게꾼한테서 단칸방 사글세로도 위로 올라가면 문간채를 따로 얻을 수 있을 거라는 말을 들었던 것이다.

담장에 붙어서면 기찻길이 훤히 내려다보이는 산꼭대기 동네에서 바리는 고등학교를 마친 딸들이 취직을 하고 결혼을 해서 곁을 떠난 뒤에까지 눌러살았다. 자라는 동안 딸들이 가슴에 긁어놓은 자국을 바리는 흐뭇이 기억했다.

왜 자꾸 늦게 들어오는데? 나는 오늘 상분이 집에서 밤샘할 거라 말이다.

야근하는 날이니 동생들 밥 차려주면서 집을 보라는 말에 큰애가 불퉁한 소리를 했다. 이사를 하고 바리는 집에서 스웨터 짜는 일을 그만두었다. 어깨가 내려앉도록 편물기계를 밀어도 다섯 식구 먹고살기가 어려워 이웃집 딸내미가 다니던 방직공장에 나갔다.

엄마는 내가 고등학교 떨어지고 공장이나 다니면 좋

겠나?

큰애는 바리가 건네주는 도시락을 뺏듯이 집어 제 책가방에 쑤셔 넣었다. 바리는 방에서 잠들어 있는 세 딸한테 고단한 눈길을 놓은 채 고개를 끄덕였다.

그래라. 학교는 가야제.

공장에서 함께 일하는 동료 대부분이 열예닐곱 살 먹은 어린 처녀들이었다. 좁은 자취방에 두세 명씩 모여 살면서 한푼 두푼 모은 돈을 시골 부모님께 부치는 악바리들이었지만, 그들을 두고 부르는 공순이라는 말에는 그렇게들 서운해했다.

바리는 동트기 전에 일어나 밥상을 차려놓고, 한 시간 남짓 걸어 공장으로 출근해서 종일 재봉틀을 밟았다. 야근이 있는 날이면 눈을 찌르듯 밀려오는 졸음을 쫓으려 타이밍 약을 먹으며 버텼다. 속이 쓰려 신물이 올라오는 몸을 끌고 집에 돌아와도 쉴 짬이 없었다. 어두운 골목을 오르내리며 공동 우물에서 물을 길어다 놓고, 다시 빨랫감을 들고 내려가노라면 다리가 허정허정 접혔다. 사위스럽게 해진 뒤에 무슨 빨래냐고 동네 여자들이 혀를 찼으나 도리가 없었다. 시켜도 듣지 않는 딸에게 잔

소리를 하다가도 바리는 이내 입을 다물었다. 겨울이면 아랫목에 다리를 묻은 채 낮잠을 자고 여름이면 그늘 좋은 마루에 엎드려 빈둥거리던 외사촌들이 부러웠던 저 어릴 적을 떠올리자, 언제 가도 남의 집에 가서 고생할 딸들이지 싶었다.

어두침침한 백열등 밑에서 양말을 기워두고 혼절하듯 잠이 들곤 했던 어느 해 겨울 바리는 한방에서 자던 셋째를 잃었다. 연탄을 아끼려고 금방 갈아 넣은 불구멍을 막아놓은 게 잘못이었다. 찬바람이 등을 후비는 방문 곁에서 잠이 들었던 바리는 새벽녘 울렁거리는 속을 누르며 전구를 켰고, 그 뒤의 일은 기억이 나지 않았다. 애들 넷을 어떻게 마당으로 끌어내고 벌벌 기어가 주인집 마루문을 두드렸는지.

아이고 야야, 눈 좀 떠보거라. 구둘 손본 지가 얼마나 됐다고 이게 무신 일이고 말다. 제발 정신 좀 차려보거래이.

애들 입에 동치미 국물을 흘려 넣던 주인집 여자가 셋째를 일으키다 말고 우는 소리를 질렀다. 바리는 기신기신 일어나 셋째를 붙잡고는 그대로 정신을 놓았다.

딸이 죽고 나서 바리는 보름이 넘게 한순간도 잠을 자지 못했다. 녹을 뒤집어쓴 듯 몸이 천근만근인데 머릿속에 해가 들어앉은 양 눈을 감아도 천지가 온통 대낮 같았다. 낮이 밤 같고 밤이 낮 같던 세상이 그렇게 막막하고 무서울 수가 없었다.

바리는 끙끙 앓으면서 날이 새기를 기다리다 뭣에 홀린 듯 공장으로 나갔다. 피멍이 앉은 손톱을 반창고로 싸맨 채 악착같이 작업량을 채우는 바리 뒤에서 누가 뭐라고 입방이를 찧어대도 한 귀로 듣고 한 귀로 흘렸다. 독한 년이 됐든 불쌍한 년이 됐든 남은 딸 셋이 제 앞을 가리도록 하자면 여상까지는 가르쳐야 한다고 이를 악물었다. 남편 무장승이 죽었을 때 일곱 살이던 막내가 남들이 부러워하는 은행에 떡하니 붙은 이야기를 꺼내놓을 때 히죽 웃던 바리의 얼굴에는 굵은 주름이 앉았고 흰머리가 성성했다.

휘여, 굽이굽이 일월같이도 흘렀다. 어디에 닿은들 하마 끝은 있을 거구만, 하늘에 닿을라나 억장에 닿을라나.

바리의 눈앞에 아등바등 살아온 날들이 꽃잎처럼 낭

자하게 흩어져 내리는데 겨울바람은 올 굵은 스웨터를 파고들었다. 서쪽으로 기운 해를 가늠해 보며 바리는 누비바지를 끌어내렸다. 추위에 손가락이 곱아 속옷을 내리는 데 힘이 들었다. 몸에서 빠져나온 오줌 줄기가 비탈을 따라 흐르다가 지린내를 남기고 땅 밑으로 스며들었다. 쭈그리고 앉았다 일어서자 머릿속이 휑하니 돌렸다. 점심을 거른 입안이 모래를 끼얹은 듯 껄끄러웠다.

바리는 후들거리는 다리에 힘을 모으며 경사가 급해지는 산비탈로 눈길을 돌렸다. 오늘은 갈지자로 누운 길을 버리고 가파른 자갈길을 잡아야 했다. 자칫 미끄러져 바위절벽을 만나기도 전에 주저앉을까 싶어 바리는 두 손을 내저으며 한 시간 이상을 기다시피 올랐다. 입에 단내가 날 만큼 비탈을 오르자 장정 스무남은 명이 앉아 밥을 먹을 수 있을 만한 너럭바위가 앞을 막았다. 크고 작은 바위가 흩어져 있는 비탈을 둘러보며 바리는 탄식했다.

그예 이 늙은이가 여기까정 왔구나.

오르막이 있으면 내리막도 있기 마련이라, 돌비탈을 경계로 아래쪽으로 휘어진 숲길이 터널처럼 놓여 있다.

한겨울 눈발을 피해 이른 봄부터 철철이 사흘거리로 나무 덤불을 드텨가며 다닌 산인데 시야가 흐려 주변을 판별할 수가 없었다. 삼십여 분 내리막이 계속 이어져 길을 잘못 들었나 싶던 차에 홀연 숲이 사라졌다. 생판 낯선 곳, 딴 세상으로 불쑥 들어선 것 같은 게 어디다 짐보따리를 놓고 온 양 바리는 속이 허황했다.

그러려고 그랬던지 달포 전 바리는 겨우살이에 욕심을 내어 골짝을 짚어 내려오다 이곳에 발을 들였다. 천장산 천장대에서 뱀골로 이르는 산등성이를 밀어내며 숨듯이 들앉은 너덜겅이었다. 바위절벽 옆구리에 숨어 있는 형국이라 약초꾼이나 등산객의 발길이 닿은 흔적도 없었다. 바리는 띄엄띄엄 서 있는 작은 소나무를 지나 바위절벽에 뚫린 굴 앞에서 걸음을 멈췄다.

딱 좋다. 새순 돋고 이파리 달리고 열매 맺는 것도 내려다보고, 산정 골짝 훑쳐 내리는 바람 소리도 듣고.

바리는 굴 가까이 놓인 평평한 바위를 손바닥으로 쓸어내렸다. 침침한 눈으로 더듬어도 봄나물이 지천이고 뼈마디가 쑤시는 어문 손에 약초를 쥐여 준 산이었다. 배낭에서 소주팩을 꺼내 든 바리는 마개를 뽑고 바윗돌

주위에 조금씩 뿌렸다.

휘여, 이 늙은이 고마 갈라니더. 곁불 쬐듯 내내 맴만 돌다가 인제 갈라니더.

고수레를 하고 잠시 먹먹하게 서 있던 바리가 바윗돌 위에 신문지를 펴서 깔았다. 그 위에 대추와 밤과 배를 늘어놓고, 뒤에 북어포와 떡을 놓았다. 산을 타며 먹던 콩고물 묻힌 주먹밥을 놓고 몸을 일으키고 나서야 생각난 듯 종이컵에 술을 따라 북어포 옆에 나란히 놓았다.

세상 인연이라는 게 부질없다 하더만 버리고 끊기가 어째 그리 어렵던고. 그래 물같이 바람같이 살라 했겠제. 부모 은덕 입은 바 없고 남편 그늘에 들앉아 다리 펴고 살지 못한 것도 한이요, 허리 휘게 키운 자식 봉양 받지 못한 것도 한이 될 거마는 전생에 무슨 죄를 지었는가 남들 알까 무서웠제.

속에 품은 원망은 어쩌지 못한 채 바리는 두 번 절을 하고, 다시 두 번 더 절을 하고는 얼음 같은 돌바닥에 풀썩 주저앉았다. 이곳 안계마을을 찾아드는 길로 산자락 한 뼘 얻어 그만 다 던지고 갈 것을 오래도 숨 붙이고 살았구나, 생각하며 바리는 제수를 진설해 놓은 바윗돌을 물끄러미 바라보았다. 바리의 주름진 입가에 쓴웃음이 번졌다.

방직공장이 문을 닫고 집에 들앉게 되자 바리는 손주들도 봐주고 살림도 도울 양으로 딸들을 한 번씩 찾았다. 사돈들 불편한 기색에 가는 날로 일어서는 바리를, 제가끔 늙은 어미를 아주 떠맡게 될까 겁을 내어서인가, 자고 가라고 붙잡는 년이 없었다. 딸년들 기대고 살 것이냐고 바리는 일거리가 있는 곳이면 어디든 쫓아다녔다. 햇볕이 내리쬐는 건설 공사장에서 먼지를 뒤집어써가며 잡일을 거들고 병든 노인들 뒷수발을 했다. 일 없어 노는 날이면 단풍잎 같은 손자들 손에 과자값이라도 쥐여주고 싶어 전화를 넣었다.

엄마, 지금 좀 바빠요. 이따 내가 전화할게.

이런저런 푸념 끝에 한번 다녀가라고 말을 꺼내면 딸들이 둘러대는 대답에 성가셔하는 기색이 배어났다. 그래도 나중에 다시 걸겠다는 말이 걸려, 바리는 오줌 마려운 것도 참아가며 방안에 죽치고서 전화를 기다렸다.

칼산지옥 불산지옥이라 하더마, 내 마음이 지옥인 줄은 어째 몰랐을꼬.

나이 들어가며 시시콜콜 서운해하는 것도 추저분하다 여겨 바리는 속병이 드는 것을 몰랐다. 시도 때도 없이 가슴이 두근거리고 온몸이 물먹은 솜 같은 게 손과 발이 저려 병원을 찾았으나 소용이 없었다. 신경성 위염이니 갱년기 증상이니 알아듣지 못할 소리와 함께 떠안기는 푸짐한 약봉지를 머리맡에 놓고 지냈지만 몇 년째 명치가 눌린 듯 답답하고 먹은 게 자꾸 올라왔다.

우리 자매님 모든 걸 주님께 맡기세요.

일 나가던 집에서 만난 목사는 바리에게 권고했다. 신도들이 청하는 대로 시간을 쪼개 심방한다는 목사는 요강을 비우고 악취가 밴 이불을 너는 바리를 환자 옆에 앉도록 했다.

분을 품는 것은 죄를 품는 것이니 주님께서 좋아하지 않습니다. 주님은 자매님 마음을 괴롭힌 자들을 모두 잊고 용서하라 하십니다. 용서는 주님이 우리 자매님께 특별히 주시는 선물입니다.

교회 문턱을 밟은 적은 없었으나 바리는 목사의 말을 알아들었다. 바리는 가슴 속에서 부글거리며 끓어오르는 것을 누르고 삼키며 살았다. 어두운 골목을 걸어 들어와 문간채 쪽문을 당겨 열 때나 밥상을 앞에 놓고 혼자 숟가락을 들 때, 드레드레 흔들리는 어둠 속에 오도카니 앉아 희붐하게 창을 밝히는 새벽을 맞을 때, 속을 우비고 올라오는 것을 지우고 없애는 게 용서라면, 바리는 주님이라는 분이 주시는 선물을 도무지 받을 수가 없었다.

내 속으로 낳은 것들 용서를 하나 마나, 그게 어디 인력으로 될 일이던가.

애당초 그것은 분노가 아니었던 데다, 용서를 해도 내 딸이고 용서를 하지 않아도 내 딸들이라고 그 젊은 목사의 말에 어깃장을 놓으면서 바리는 오히려 기운을 좀 차렸다. 달력에 동그라미를 쳐놓고 속을 끓이는 대신 딸들한테 먼저 전화를 넣을 마음도 생겼다. 얼마 전 시댁에서 제금을 난 막내는 둘 다 집을 비웠는지 전화를 받지 않았다. 층층시하 시집살이를 하는 큰딸한테는 전화 걸기가 조심스러워 식당에 나와 있을 둘째한테 전화를 걸었다.

엄마가 벌써 환갑이라고? 우와, 세월 참 빠르다. 그나저나 어떡해. 우리 가게 앞에 새로 문을 연 식당이 있거든. 요새는 하루도 가게 비우기가 무섭다니깐.

말이 빠른 둘째 딸은 동네에서 손자 데리고 다니는 늙은이를 보면 그렇게 부러울 수가 없더라는 말을 꿀꺽 삼키는 바리에게 그리고, 라며 토를 달았다.

칠순잔치도 아니고 요즘 누가 환갑잔치를 한다고 그래. 한다 해도 올 사람이 누가 있다고.

환갑잔치 같은 건 기대하지 않았다. 은행을 두어 해 다니다 결혼한 막내까지 딸 셋을 치우고 나자 전세금을 빼서 갚기로 한 빚밖에 남은 게 없는 살림이었다. 주인집에서 작은아들 장가가면 문간채에 살림을 차리기로 했으니 방을 빼달라 한 이야기도 이번에 딸들이 다 내려온 자리에서 하자고 미뤄두고 있던 참이었다.

제부 차 타고 가면 편한데, 통화 해봐야겠다. 어지간하면 내일 늦게라도 내려갈게.

혼자 사는 어미를 찾지 않았던 게 딸들이 무심해서만은 아닐 거라고, 약속했던 마음을 다독이며 바리는 장을 보러 갔다. 마른미역과 쇠고기를 사고, 당면과 같이 볶을 잡채꺼리를 눈에 띄는 대로 담으니 오랜만에 장바구니가 묵직했다. 멸치와 꽈리고추를 섞어서 볶고 버섯에 참기름을 바르고 조기도 구워서 상에 올리기만 하면 되게끔 음식 장만을 하는 바리의 손에 힘이 들어갔다. 미역국을 싫어하는 막내를 위해 쌀뜨물에 된장을 풀어 아욱국도 끓여 놨다.

이튿날 새벽같이 눈을 뜬 바리는 대문간에서 나는 소리에 귀를 기울이며 부엌을 들락거렸다. 점심을 굶은 채 식어버린 아욱국을 다시 끓이는데 방에서 전화기가 울렸다. 바리는 불을 줄일 새도 없이 어질러진 부뚜막을 밟고 방으로 쫓아 들어갔다.

어떡해, 보람이 아빠 이번 주 내내 야간근무라 지금 자고 있어. 나 혼자 애 둘 데리고 거기까지 가려니 엄두가 안 나. 큰언니는 시아버지가 쓰러져서 병원에 입원해 있다고 그러고. 작은언니는 차 없으면 오늘 저녁에 못 올라온다고…… 이따 엄마한테 전화할 거래.

막내딸이 두서없이 쏟아놓는 말에 귀가 왕왕 울렸다. 맥이 풀려 문갑 옆에 쪼그려 앉으면서도 시어른이 아프면 뒷바라지가 여간 일이 아닐 거라는 생각에 바리는 혀를 찼다. 깐깐해 보이는 안사돈이 받더라도 막내가 통화하는 게 낫지 싶어 바리는 큰언니한테 전화해서 상세히 알아보라고 일렀다.

큰언니 지금 병원에 가 있어서 전화 못 받을 거야. 혹시 모르니까 내가 형부 회사로 전화해 볼게. 우리 기다리지 말고 엄마 맛난 거 많이 먹어. 응?

막내딸이 이번 주말에 김 서방하고 같이 꼭 내려오겠다는 것을 그럴 거 없다고, 쉬라고 하고 전화를 끊었다. 손에 쥐가 내리도록 붙들고 있던 수화기를 내려놓던 바리는 방바닥에 흥건히 피가 고인 걸 보았다. 발바닥에 묻은 피를 닦아내자 깊이 베인 살이 드러났다. 바리는 부뚜막에 엎어져 있는 소쿠리와 부엌칼을 치우고, 마른걸레를 찢어 발을 싸맸다. 아욱국이 끓어 넘쳐 엉망이 된 냄비는 비워서 설거지통에 담갔다. 칼에 벤 발이 욱신거리는데 딱히 아픈 줄을 몰랐다.

부뚜막에 주저앉아 한숨을 돌린 바리는 조기의 살점을 뜯어 입안에 넣었다. 아무도 손대지 않은 온전한 놈을 뜯어 제 입에 넣기는 처음이었다. 우물거리던 살점을 억지로 삼키고 꽈리고추를 집어 입에 넣었다. 아무 맛이 느껴지지 않았다. 아무 냄새도 나지 않았다. 바리의 마음속에서 무언가가 부서져 내렸다. 살아 있다는 게 욕된 일이었다. 자신이 살아 있다는 것 자체가 딸들에게 짐이었다. 바리는 부엌 안이 캄캄해져 아무것도 보이지 않을 때까지 부뚜막에 걸터앉아 있었다.

바리가 40년 전에 떠났던 안계마을을 찾아들었을 때는 봄이었다. 젊은 사람들이 거의 도회로 나가고 없는 마을에서 빈집을 찾기는 어렵지 않았다. 슬레이트로 지붕을 새로 얹은 집들이 길을 따라 앉은 동네에서 산발치 쪽으로 들어앉은 초가집이었다. 이삿짐이랄 것도 없이 달랑 보따리 하나 옆구리에 끼고 나타나서는 사날 산자락을 더듬다 내려오는 바리의 행색이 하 수상쩍었던 모양이다. 마을 이장이 삽짝을 밀고 들어와서는 마을회관에 나와 수인사라도 하자며 운을 떼고 갔다.

마을회관이라야 구판장을 겸하고 있는 경로당 같은 데였다. 늙은이들 몇이 방에서 텔레비전을 켜놓고 강냉이를 먹고 있다가 바리가 들어가자 손님치레로 사이다를 따라 내놓았다. 이것저것 캐물을 것 같던 늙은이들은 바리가 입을 뗄 눈치를 보이지 않자 텔레비전 볼륨을 키웠다. 텔레비전 화면에 백발의 비쩍 마른 노인이 비쳤다. 기자들이 노인의 얼굴 가까이 마이크를 들이댔다.

노인이 외운 듯이 주저하지 않고 입을 열었다. 원망도 후회도 없다. 남북 간에 갈 수도 있고, 올 수도 있는 날이 하루빨리 이뤄져야 한다. 내가 걸은 길이 통일의 씨앗이 되길 바랄 뿐이다. 화면 속 노인이 꼬장꼬장한 목소리로 떠드는 동안 이장이 화면 아래 떠 있는 자막을 풀어주었다. 비전향 장기수라고, 삼십 년이나 감옥살이를 했다니 보통사람은 아닐시더.

삼십 년이라니, 장키도 허다.

피붙이 위하는 일이 아닌 다음에야 삼십 년간 옥살이를 하는 인생이 가당키나 한가 싶어 바리는 고개를 저었다. 마음에 분을 담지 말고 모든 걸 용서하라는 목사의 말이나 저승길이 어울릴 것 같은 화면 속 노인의 말이 다 헛소리 같았다. 육이오 전쟁 때 이야기를 한마디씩 꺼내놓던 늙은이들이 바리한테 눈길을 놓았다.

일찌거니 영감 앞세우고 아들도 딸도 없니더.

바리가 내뱉는 말보다는 그들에게 익숙한 억양에 늙은이들도 더는 묻지 않고 고개를 끄덕였을 것이다. 방안에 화투가 깔리는 걸 보고 자리에서 일어선 바리는 신을 꿰신고 나서다 말고 잠시 머뭇거렸다. 윗목에 보따리를 놓아두고 한 줌씩 입에 털어 넣던 미숫가루가 떨어진 게 생각났다.

점심나절에 무친 건데 맛이나 보이소.

구판장을 지키던 아낙이 바리가 집어 든 라면과 함께 배추겉절이를 비닐봉지에 담아 건네며 붙임성 있게 굴었다.

내일이 안강장인데 나가볼라니껴? 여기서는 뭐라도 사다 놓을라면 장날을 맞춰야 될시더.

마을 사람들이 그랬듯 도덕산 천장산은 바리의 무딘 손에 약초와 산나물을 넉넉히 쥐여주었다. 이래저래 얽히는 인연이 번잡스럽구나, 싶으면서도 바리는 산열매가 익어갈 무렵이면 머루며 다래를 싸 들고 마을회관으로 더러 발걸음을 했다. 약초를 말려 안강장에 내갈 때도 허리 아픈 부인네나 기력이 쇠한 노인 몫으로 몇 뿌리를 남겨놓았다. 바리의 집 툇마루에도 누가 가져다 놓았는지 고추장이며 김치며 고구마 같은 먹거리가 놓여 있곤 했다. 살쾡이나 박새처럼 혼자 살 수 없는 게 사람 종자인지라 바리는 그렇게 눈먼 인정에 기대어 십수 년을 살았다.

휘여, 외롭구나. 외로운 소리로구나.

겨울밤의 추위를 가르며 고양이 울음소리 같은 게 길게 들리더니 푸드덕거리는 새의 날갯짓 소리가 헛헛한 속을 헤집고 지나갔다. 바리는 뻣뻣한 몸을 일으켜 소주팩을 집어 들었다. 한 사람이 다리 뻗고 눕기에 안성맞춤인 굴로 자리를 옮겨 앉은 바리는 퍽퍽한 가슴을 두 번 세 번 쳤다. 살붙이 피붙이를 끌어안고 살아온 삶이 배겨서, 하도 배겨서 내 것인지 저들 것인지 분간조차 못하고 산 한평생이 안돼서 바리는 마음이 아팠다.

딸들 사는 게 궁금하고 어린 것들이 눈에 밟혀 마음이 어지러울 때는 제 이름도 나이도 잊고 가족도 몰라보는 늙은이가 차라리 부럽더니, 안강장이 서던 날 그만 정신을 놓아버렸던 이후로 바리는 하루하루가 무섭고 뼛속 깊이 외로웠다. 약초를 들여다보는 사람을 붙잡고 딸네 집이 어딘지 찾을 수 없노라며 눈물을 질금거리는 바리를 마침 장을 보러 나왔던 마을 아낙이 알아보고 버스에 태워 집까지 데려다주었다. 바리가 알지 못했을 뿐이지 전에도 종종 그런 일이 있었던 듯 파출소 순경이 이장을 앞세워 찾아와서는 가족들 연락처를 물었다.

어두워라. 시상 천지가 어둡기도 하다.

앉은자리에서 바리는 조용히 앞을 바라보았다. 암청색 어둠이 내려앉는가 싶던 산은 불시에 암흑이었다. 아무것도 보이지 않았으나 답답하지 않았다. 눈에 뭐가 보이거나 아니거나 다를 것이 없었다. 사는 게 사는 게 아니었으니 죽는 것도 죽는 게 아닐 거라고, 바리는 어둠 속에서 고개를 주억거렸다.

그해 겨울 새벽녘, 죽은 딸을 끌어안은 채 바리는 애간장이 녹는 슬픔 속에서도 제 마음 한복판에 명징하게 내려앉던 안도감을 잊지 않았다. 딸아이가 살아가야 할 세상에서, 살면서 겪을 고통과 눈물을 어미 품에 내려놓고 눈을 감은 딸아이를 바리는 이날까지 다른 세 딸과 함께 제 품에 안고 살았다.

바리는 제상에 올렸던 소주로 음복을 하고 눈을 끔벅거렸다. 살아 있는 몸이라 찌르르 술기운이 도는 게 좋았다. 문득 목구멍을 치받는 덩어리를 토해버리려는 듯 바리가 길게 소리를 끌어올렸다.

인제 가면 언제나 올라오

오시는 날짜를 일러주소
어허 너 어허 너허
어리가리넘자, 어허루야
북망산천이 머다고 허더니
건네 화산이 북망일레.
허 허 허허 허어

연등을 접고 꽃을 오리고 짚신을 삼으며 흥얼거렸던, 장의가게를 떠난 뒤로 까맣게 잊었던 상여소리였다. 스물한 살 바리의 손목을 잡아 제 식구로 삼은 무장승과 함께 살던 시절을 떠올리다 깜박 잠이 들었던가. 나뭇가지 부러지는 소리가 꿈속으로 잦아드는 바리를 깨웠다.

달이구나.

섣달그믐을 이레 앞둔 창백한 달이 헐쭉한 얼굴을 내밀었다. 어둠속에 잠겨 있던 바위와 작은 소나무가 희미한 모습을 드러내면서, 바리는 숲속에 숨어 있는 짐승들이 움직이는 소리를 들을 수 있었다.

도산지옥, 화탕지옥, 칠정지옥, 무간지옥이 따로 없제. 칼을 꽂아 후벼 판들 질긴 인연을 끊을까. 휘여, 천지신명이여.

곱은 손을 모아 쥐고서 바리는 이제 어둠 속을 향해 합장을 했다. 지옥억겁으로 떨어진다 해도 다시 목숨 받아 태어나는 것을 바리는 원치 않았다. 혹 기어이 받아야 할 목숨이라면, 어떤 인연에도 얽매이지 않을 나무나 풀잎이나 혼이 없는 짐승으로 나서 바람처럼 자유롭게 홀가분하게 살다 갈 수 있기를 빌었다.

핏덩어리 딸자식 버린 부모를 속 깊이 원망하던 매 순간 체한 듯 얹혀오던 질긴 그리움이 지옥인 것을, 술에 취해 들어와 주먹을 휘두를 때는 어디 가서 죽어버렸으면 싶도록 밉다가도 천지에 기댈 데라고 없는 못난 위인이 바로 저 같아서 그저 끔찍하고 서럽던 마음 또한 지옥인 것을 모르고 살아온 한평생이었다. 늙은 어미 내친 딸년들이 행여 제 원망을 죄로 받을까 돌을 삼킨 듯 억장이 무너지는 이 지옥을 바리는 버리고 싶었다.

좋다. 참말 좋구나. 저리도 좋은 것을.

바리는 별들이 돋아나온 밤하늘을 올려다보았다. 영하로 내려간 산속의 추위 속에서 시퍼런 눈빛을 빛내며 지켜보는 짐승들이 늙은 인육을 깨끗하게 끝장내 주리라, 바리는 마음을 놓았다.

바리 나이 일흔넷, 이 땅의 설운 딸로 살아온 세월을 마감한 그녀의 호적 이름은 이옥금.

작가의 말

책깨나 읽고 컸다는 사람들이 일생에 한 번은 걸린다는 '소설병'을 몸 상태가 극히 나빴던 삼십 대 초중반에 앓았다. 열심히 썼고 부지런히 투고했다. 봄과 가을, 연말 연초를 초조하고 우울하게 보냈다. 삼사 년을 보내고는 '사람이 할 짓이 아니네. 이러다 몸만 더 상하겠다.' 싶어 포기했다. 깨끗이 포기하고 살았는데… 웬걸. 팔자 주름이 깊어진 얼굴을 거울 속에서 마주하자 소설 한 편 못 쓰고 늙겠구나 싶었다. 마음이 조급해졌다.

2005년 11월 「바리의 세월」로 신라문학상을 받으며 문단에 한 발을 걸쳤다. 마흔 중반에 겨우 들어선 소설의 길이니 남보다 부지런히 일로매진했어야 했는데, 그 무렵 부산시청자미디어센터라는 곳이 생겼다. 나는 그만 다큐멘터리의 매력에 빠져버렸다.

직장에 나가지 않는 날이면 PD170캠코더를 메고 돌

아다녔고, 편집기를 노려보며 테이프를 돌리고 자르고 붙이느라 날밤을 새우기도 했다. 다큐멘터리 기획안을 구성하고 촬영하고 편집하는 재미에 홀린 게 잘못은 아닌데, 그 사이 몇 년이 훌쩍 지나갔다. 지금 생각하면 미쳤던 거지 싶다. 소설을 쓰지 않으면서 흘려보내는 일 년 이 년 삼 년의 세월 속에서 소설에 대한 열망마저 옛사랑의 그림자처럼 희미해졌다면 차라리 편했을 텐데, 마음이 계속 부대꼈다.

무슨 억하심정인지 내가 소설을 멀리한 게 아니라 소설이 나를 떨쳐두고 저만치 가버렸다는 서운함에 홀로 외로운 심사를 되작이던 차에 단편소설을 청탁받았다. 2009년 겨울, 「스토커의 문법」을 『좋은소설』에 게재했다. 등단하고 처음 쓴 소설이 고작 내 상처를 뜯어먹고 뱉어놓은 내용이었다. 내 작품이 문예지에 실렸으니 기뻐야 마땅한데, 부끄러운 게 뭔지는 아는지라 마음이 착잡했다.

아무래도 나는, 소설은 아닌가 보다. 아닌 것을 붙잡고 가는 건 고단하고 씁쓸한 노릇이지. 대체 무엇에 지레 겁먹었는지 제대로 소설을 파보자는 결심 대신 워커

홀릭 인생에 뛰어들었다. 서울에 있는 모 회사에 적을 두고 전국을 떠돌기 시작했다.

전북 진안과 충남 서산, 경남 통영, 수원과 동두천, 서울 황학동을 돌아다니며 사람들을 만나고 그들의 이야기를 글로 옮겼다. 그들의 이야기는 소설이 아니라 스토리텔링 책자가 되어 나왔다. 서울문화상의 주인공들, K-POP의 원조가수들, 붕괴된 삼풍 백화점의 증언자들도 역마살에 씌어 떠돌던 몇 해에 걸쳐 만난 사람들이다. 나쁘지는 않았다. 그들의 기억을 수집하고, 그들의 인생사를 기록하면서 한 사람 한 사람이 살아온 시간의 무게감에 놀라고 주눅 들었다. 없던 철이 조금 들었다. 그들 덕분에 내 삶의 한없는 빈약함, 내 몸 하나 건사하는 데 절절매는 경험치의 가벼움, 엄살로 얼룩진 나약함을 직시했고 인정했다.

내 삶의 무게가 알량하다는 사실을 받아들이면서 「놀래미」 「각다귀들」 「내게 없는 미홍의 밝음」을 썼고, 「청게」를 썼다. 하나같이 알량하게 살아온 여자의 자학개그에 불과할지도 모르겠지만, 어쩔 수 없다. 어쩔 수 없는 건 어쩔 수 없는 일로 받아들일밖에. 핑계라면, 소설은 결국 상처 헤집기라는 것. 상처가 속으로 곪아들기 전에 헤집어서 통증을 느끼게 하는 것. 통증을 견디고 치유하는 방법을 상상의 지평에서 모색하는 것. 이것이, 혹은 이것도 소설 아닌가.

역마살에 씌어 숱한 사람들의 삶을 만났다고 떠들었지만 나는 멀리 가지 못했다. 깊이 들어가지도 못했다. 그러니 이 소설집은 나 자신에게 되돌려주는 선물의 성격이 더 크다. 왜 소설을 쓰는가에 대한 치열한 고민이 들어 있다고 자신하지 못하겠고, 따뜻한 시선으로 동시대를 살아가는 사람들의 애환을 더듬었다는 말도 차마 못 하겠다. 이런 발언이 무책임해 보이리라는 것을 안다. 알지만 역시 할 수 없다. 이 소설집에 담은 일곱 편의 소설은 내 상처에 내가 무너진 이야기들이니까.

내게 없는 미홍의 밝음

초판 1쇄 발행 2016년 12월 16일

지은이 안지숙
펴낸이 강수걸
편집장 권경옥
편집 윤은미 정선재
디자인 권문경 구혜림
펴낸곳 산지니
등록 2005년 2월 7일 제14-49호
주소 부산광역시 연제구 법원남로15번길 26 위너스빌딩 203호
전화 051-504-7070 | 팩스 051-507-7543
홈페이지 www.sanzinibook.com
전자우편 sanzini@sanzinibook.com
블로그 http://sanzinibook.tistory.com

ISBN 978-89-6545-384-0 03810

* 책값은 뒤표지에 있습니다.
* 이 도서의 국립중앙도서관 출판예정도서목록(CIP)은 서지정보유통지원시스템 홈페이지(http://seoji.nl.go.kr)와 국가자료공동목록시스템(http://www.nl.go.kr/kolisnet)에서 이용하실 수 있습니다.(CIP제어번호: CIP2016026287)
* 본 도서는 2016년 한국문화예술위원회, 부산광역시, 부산문화재단 지역문화예술특성화지원사업으로 지원을 받았습니다.

한국문화예술위원회 부산광역시 부산문화재단